생각의
최전선

생각의 최전선

초판 1쇄 인쇄 | 2022년 04월 07일
초판 1쇄 발행 | 2022년 04월 14일

지은이 | 김기정
펴낸이 | 황인욱
펴낸곳 | 도서출판 오래
　　　　04091 서울시 마포구 토정로 222, 406호(신수동, 한국출판콘텐츠센터)
　　　　전화 02-797-8786, 8787
　　　　팩스 02-797-9911
　　　　이메일 orebook@naver.com
　　　　홈페이지 www.orebook.com
　　　　출판신고번호 제2016-000355호

ISBN 979-11-5829-206-5　03800

값 15,000원

생각의
최전선

책을 펴내며

세 번째 산문집『생각의 최전선』을 낸다.

산문(散文)은 글의 형식이기도 하지만, 문자대로만 풀이하자면 '흩어진 생각을 모은 글'이다. 두 번째 산문집『풍경을 담다』를 세상에 내밀었을 때 가까운 분이 내게 물었다. '요즘은 시를 쓰지 않고 산문으로 바꾸었냐'는 질문이었다. 엉겁결에 '시가 산발(散髮)을 하고 찾아오면 그게 산문 아니겠냐'고 대답하긴 했다. 다시 생각해보니 영 틀린 이야기는 아닌듯하다. 시적 감상이 머리를 곱게 빗은 모습으로 찾아오든, 머리를 풀어 헤친 채 나를 찾든 모두 생각들을 움직이게 만든다. 프로스트(Robert Frost)의 표현대로 감상이 생각을, 생각이 단어를 찾아가는 과정이다. 세상 풍경을 관찰하는 일도, 기억 속 풍경들을 재생하려는 글도 생각들이 움직여 직조(織造)했던 것들이다. 무념무상(無念無想) 경지에 이르러야 득도한다던데 아직은 여러 생각과 기억 속에 갇혀 있으니 해탈은 턱도 없는 상상인가 보다.

이른 아침에 기침(起寢)하는 일이 잦아지기 시작했다. 늙어가면 잠이 없어진다 그랬는데 잠이 늙음을 깨우고 확인하는 것 같다. 그것을 거부하고 다시 잠을 청한다고 청춘으로 돌아갈 것 같지는 않다. 하루가 허락하는 더 많은 시간을 눈에 담아두라는 뜻일 것이라며 스스로를 달랜다. 기억과 생각을 함께 버무리는 일이 절실한 나이가 되었다. 이런 일을 위해서는 새벽 시간이 제격이다. 새벽 풍경은 흑백 무성영화 같다. 색조는 짙고 채도는 낮다. 어두운 화면 속에서 무엇인가 흐릿하게 움직이는데 그 소리를 들을 수가 없다. 풍경에서 음향을 제거하여, 되돌아보고 기억해 내는 일에 더 집중하라는 주문 같기도 하다. 살아서 숨 쉬는 동안, 기억과 생각의 동조를 위해 새벽을 깨우려 한다.

새벽은 경계와 같다. 하루의 저편 기억과 새로운 시작 사이의 경계이고, 온전한 어둠과 완벽한 밝음 사이의 경계다. 경계는 변화가 예정된 전환이기도 하다. 우리가 살아있는 동안 관찰했던 세상의 모든 역사가 전환기 역사였듯이 모든 오늘은 곧 새벽의 하루이기도 하다. 우리는 모두 새벽 시간에 서 있는 것이다. 새벽은 모든 시간의 시작이며 모든 생각들의 최전선이다. 생각들은 이 시점에서 가장 치열해진다. 기억을 생각 속에 각인하는 일도, 흐트러진 생각들을 구분하고 정리하여 정치(整置)된 사유(思惟)로 전환하는 일도 모두 새벽에게 주어진 일과다. 그러므로 겸허한 태도로 하루의 시간과, 사람이 살아가는 일과, 세상의 동작들을 보게 한다. 남아 있는 나날은 너그러움으로 채워야 한다는 생각을 갖게 하는 시간도 새벽인 것 같다.

이 산문집에는 국가안보전략연구원에서 새롭게 일을 시작한 후 썼던 글들과 이전에 써두었던 글 일부를 다시 고쳐 실었다. 전략연구 구상에 출발이 되었던 생각들과 개인사(個人史) 곳곳에 숨어있던 기억들을 정리하였다. 교직 이후의 금단현상을 갖가지 설레발로 풀어내며 생각 정리에 애쓰는 원장의 분투 노력을 감내해준 연구원 식구들에게 감사할 따름이다. 특히 글을 쓰게끔 은근한 방법으로 나를 자극했던 조문환 부원장, 편집과 독자 역할을 동시에 해주었던 김선혜 홍보팀장에게 지면을 빌려 고마움을 기록해두고 싶다. 새벽녘 컴퓨터 자판 두드리는 소리를 안쓰럽게 생각하는 가족들에게 이 책의 출판으로 작은 대답을 대신했다고 생각하고 싶다.

2022년 2월
도곡동에서 김기정

차례

· 제 2 장 ·   **공부의 기억**

1장

사유(思惟)의 정치(整置)

화성돈(華盛頓: Washington)에 가면:
정책 공공외교의 추억

　　"나성(羅城; 로스앤젤레스)에 가면 편지를 띄우세요."로 시작하는 노래가 있었다. 1978년 세샘트리오라는 혼성 트리오가 불렀던 곡이다. 사랑했던 연인이 로스앤젤레스로 떠나고 홀로 남은 이의 애절한 그리움이 묻어있다. 노래 가사에 나오듯, '푸른 하늘', '예쁜 차'로 묘사되었던 곳이 로스앤젤레스였고 미국이었다. 인간의 자유가 철저히 억압당했던 유신체제 시절, 당시 한국인들에게 미국이라는 나라는 일종의 이상향처럼 비춰지기도 했다. 1974년 박정희 정권이 동아일보에 대해 광고를 끊어버리는 전무후무한 언론 탄압을 했을 때 동아일보는 광고면을 백지로 비워두고 신문을 인쇄하면서 저항했고, 국민들은 그 빈 지면에 개인 광고를 실어 동아일보의 용기를 지지했다. 그때 많은 사람의 시선을 빼앗았던 광고문구가 하나 있었다. "너네들 이러면 나 정말 미국 이민 갈거야."였다. 이 깜찍한 광고문구가 상징하듯 미국 이민은 완벽한 피난처이기도 했다.

한국인들 사이에 이 같은 미국 이미지가 만들어졌다는 것은 미국 입장에서 보면 공공외교의 성공을 말해주는 일면이기도 했다. 공공외교가 타국 대중들의 '마음을 사는 일'이라는 관점에서 보자면 적어도 70년대에는 그랬다. 사실, 140년의 한미관계 역사 현장에서 미국 외교에 대한 평가는 환상 그득했던 70년대 이미지와 똑같지만은 않다. 이미지라는 것은 고정되어 있는 법이 없고 시대에 따라 변모를 거듭한다. 1882년 이래 한미관계 역사를 냉철하게 되돌아보면 미국은 한국인들에게 구원자, 혈맹이라는 긍정적 이미지 못지않게, 일본의 한반도 지배 승인, 한국 군부독재 후원, 시장개방 압력 등 부정적 이미지도 남겼다.

한미동맹은 성공적 동맹으로 평가받고 있지만, 이익과 인식의 부정교합은 여전히 남아 있다. 동맹 파트너를 고려하는 상호 간 태도도 결코 동일하지는 않다. 최근 들어 한국의 놀라운 경제성장, 민주주의와 공동체적 시민성, 탁월한 방역의 능력, 첨단 과학기술과 산업력, 그리고 무엇보다도 문화적 역량 때문에 한국인을 바라보는 미국인의 시선에 약간의 변화가 생긴 듯 보이나, 그들의 세계 전략에서 한국은 여전히 주변부에 있다. 이러한 미국의 인식에 조금이라도 변화를 주기 위한 노력의 하나가 정책 공공외교다. 가끔 뉴욕이나 로스앤젤레스를 방문지로 삼기도 하지만 대부분은 워싱턴을 목적지로 잡는다.

정책 공조

정책 공공외교의 목적은 정책 공조를 원활하게 하기 위한 것에 있다. 정책 공조는 양국 외교 담당자들이 특정 사안에 대해 시선과 해석을 맞추고, 서로의 공유 이익을 확인하는 과정이다. 그 과정의 최정점은 양국 대통령들의 합의다. 정상회담을 통해 정책 공조를 확인한다. 정상 간 합의를 위해 실무진들의 사전 협의는 필수적이다. 일반론이지만 정상회담은 국제정치의 분기점을 만들어 내기도 한다. 미래 비전이 비슷하거나 정치지도자들이 의기투합하는 경우다. 2018년 한반도 정세 변화 과정에 등장했던 예가 이런 경우에 해당된다. 역사 흐름의 동력에서 정치 리더십의 중요성을 새삼 상기시킨다.

정상회담은 톱다운(top-down) 방식의 접근법이다. 2019년 하노이 노딜 이후 한반도 봄의 기운이 퇴락하는 과정에서 얻게 된 교훈이지만, 톱다운 방식만으로는 협상과 공조에 한계가 있다. 톱다운 방식은 관료들끼리의 협의 과정인 바텀업(bottom-up) 방식과 순기능적으로 결합해야 한다. 순기능이라 힘주어 말하는 것은 간혹 역기능도 있기 때문이다. 실무 관료들 간 협상은 때로는 최고정책결정자에 대한 저항이나 태업(怠業)의 기회로 기능하기도 한다. 그것을 일컬어 흔히 '관료정치' 현상이라고 부른다. 관료조직의 보수적 문화나 경험 중심의 판단, 심지어 관료조직 자체에 존재하는 '조직이익'이 정치지도자의 비전이나 정치적 이익과 반드시 일치하지 않을 수 있다. 그럼에도 불구하고 실무 관료들 간의 협의는 정책 공조 과정에서 핵심적 부분이다.

정책 공공외교

정책 공조가 행정부 사이의 협의만으로 충분하지 않을 때가 있다. 여론이나 사회적 분위기도 조성해야 할 필요가 생긴다. 정책 공조가 제대로 작동하기 위해서는 설득해야 할 다른 기관들이 있다. 역할로는 행정부에 미치지 못하지만 의회와 싱크탱크도 중요한 설득 대상이다. 미국의 경우, 의회의 역할에 관심을 가져야 한다. 워싱턴 정가를 좀 안다는 사람들은 한결같이 '미국의 모든 권력은 의회에 있다'고 다소 과장하여 강조한다. 대통령의 정책 방향을 견제할 수도 있고 지원할 수도 있다. 싱크탱크는 정책 담론과 관련하여 여론 주도자 역할을 한다. 그들의 논평이 양국 미디어를 통해 확산되기도 하고 메시지를 일반 국민에게 직접 발신하기도 한다. 워싱턴에 있는 싱크탱크들은 워싱턴 정치의 축소판이다. 정책연구 기관들은 나름 각각 정치색을 띠고 있고, 공화당과 민주당 중 누가 집권하느냐에 따라 권력 중심부로 진입하는 통로이기도 하다. 미국 내 다양한 자본 세력들의 이익을 대변한다고 알려져 있기도 하다.

미국을 상대하는 한국의 정책 공공외교는 주로 워싱턴 싱크탱크들과의 세미나 혹은 전략대화의 방식을 띠고 있다. 아주 드물게, 국무성 관료들이나 의회 관계자들과 협의하기도 한다. 싱크탱크와의 대화는 특정 현안이 생겨 분위기 조성 차원에서 개최하기도 하고, 정기적 전략대화를 기획하기도 한다. 한 기관이 한미 전략대화 행사를 개최하면 다른 싱크탱크 소속의 전문가들이 토론자로 참여하는 경우도 있다. 따라서 한미 전략대화는 소위 워싱턴 내 한반도 전문가들(The Korean Watchers)이 집결하는 행사이기도 하다. 개인별로 다소의 편차는 있겠으나, 그들 전문가들의 국제정치적 인식, 더 나아가 지적 통찰력은 그런 기회를 통해 드러난다. 주제는 다양하지만 주로 한미동맹, 한반도 평화, 북한 인식, 한미일 협력, 미중관계와 한국외교 등이 단골 메뉴다.

Korean Watchers in Washington

나는 교수 시절부터 한미전략 대화에 참여할 기회가 많았다. 많은 주제에 대해 언급했으나 주로 한반도 평화공존을 위한 한미협력 문제를 강조해 왔다. 한반도 평화공존 이슈는 워싱턴 한반도 전문가들이 낯설어하는 주제다. 한반도 분단사의 관점에서 전략구상을 현상 유지 전략이냐, 현상 변경 전략이냐의 이분법으로 보자면 북한에 대한 압박과 경계, 이를 위한 한미 군사협력 강화는 현상 유지 논리다. 반면, 대북 관여 전략이나 이를 통한 한반도 평화공존의 모색은 일종의 현상 변경 전략이다. 적대적 분단질서 속에서 평화공존 전략은 새로운 전략구상의 장을 여는 것이기 때문이다. 워싱턴의 한국 전문가들은 대부분 현상 유지 론자 논지에 가깝다. 평화공존을 위한 한미협력이 토론 주제가 되면 그 같은 인식차가 드러날 때도 많다. 간혹 미국 정부 당국은 정책 전환을 모색하고 있는데 싱크탱크 전문가들이 더 완강하게 과거 패러다임을 고수할 때도 있다. 이럴 때 정책 공공외교가 특별히 더 중요해진다. 간혹 미국의 전략적 이익을 새로이 조형한다는 관점에서 한국 측 평화공존 전략구상에 지지를 보내는 전문가들도 있긴 하지만, 다수 전문가들은 대체로 의구심을 보인다.

세미나 현장에서는 대부분 격조 있는 화법을 유지하려 애쓴다. 그러나 아쉬운 감정을 숨기기 힘들 때가 있었던 것도 사실이다. 논리적으로 설득하는 노력은 학계이건 정책 공공외교 영역이건 어렵기는 매한가지다. 논점이 서로 평행선을 보일 때가 더 많았다는 것이 솔직한 고백이다. 사람의 인식은, 그가 보통 사람이건 전문가이건, 잘 변하지 않으려는 경향이 있다. 삶의 어느 시점에 확립했다고 스스로 믿는 이론과 정보를 잘 수정하려 하지 않는다. 심리학에서 말하는 인식적 지속성(cognitive consistency) 메커니즘 때문이기도 하다. 분단과 냉전기를 거치는 동안 그들 집단 내에서 축적되어 통용된 논법도 있을 것이다. 이런 고정관념으로는 기존 정보와 이해 방식이 수정될 가능성이 극히 제한된다.

그들 한반도 전문가들이 한국이나 북한에 대해서 제대로 이해하고 있는 것 같지 않다는 인상을 받곤 한다. 정보계통에서 일하다가 싱크탱크에 자리를 잡아 한반도 전문가로 불리는 사람들도 꽤 있다. 파편화된 정보들을 통해 전체 그림을 파악하는 일에 어려움을 겪는 듯 보이기도 한다. 당연한 일이겠지만, 한반도 평화나 미래 구상에 대한 절실함은 한국 측 생각과 차이가 있다. 한반도 전문가 그룹에 재미교포들도 몇 명 활동하고 있다. 재미교포는 한국계 미국인(Korean-American)들인데 인종 정체성 구분상 그렇다는 것이지 워싱턴 싱크탱크에서 일하는 재미교포들의 관념과 인식은 그냥 미국인이다. 그들 나름의 생존 분투기일 것으로 상상해보곤 한다. 한반도 평화적 미래에 관한 공감대 결핍은 다른 미국인과 별반 다르지 않다는 의미다.

바이든 행정부 들어 한국 첨단 기업을 미국에 유치하는 것 때문에 관심도가 다소 높아지긴 했으나, 미국 외교 전체에 있어 한반도는 여전히 변방이다. 외교 우선순위로 보더라도 한반도 문제는 주변부 영역에 속한다. 농반진반(弄半眞半) 표현이겠으나, 북한이 핵실험을 하거나 대륙간 탄도탄을 시험 발사하는 상황이 되지 않으면 눈길조차 줄 일이 없다는 투다. 그래서 미국 행정부의 정책 우선순위 재조정(realignment)이 한미 전략대화의 핵심 주제로 자주 거론되지만, 현실적으로는 결코 쉬운 일은 아니다.

한국의 미래 구상과 미국의 전략적 이익을 일치시키는 계산법에 공감대를 가지는 일이 전략대화의 핵심이고 앞으로도 그 과제는 크게 다르지 않을 것이다.

　당연한 전제지만, 나의 워싱턴 관찰기는 주관적이고 단편적일 수밖에 없다. 그것을 전제로 몇 가지 소회를 남겨 두려 한다. 우선, 워싱턴에서는 60~70년대 키신저(Henry Kissinger)같은 대(大)전략가처럼 사고하는 전문가들이 잘 보이지 않는다. 분명, 현장 경험도 있고 책으로 공부한 지식은 있을 터인데 국제질서의 현재와 미래에 대한 성찰(省察)은 대체로 빈약하고 사고(思考)의 범위가 협소해 보일 때가 있다. 패권국으로서 위상을 가졌던 기억의 관성 때문인지 국제정치는 결국 힘의 문제로 귀결된다는 전제를 가진 듯 비치기도 한다. 한국과 미국은 동맹 파트너 관계이지만 강대국-약소국 간 힘의 결합이라는 관점에서 접근하려는 투다. 북한에 대해서도 마찬가지다. 힘에 대한 맹종 심리는 '힘을 가진 자는 무오류'라고 간주하는 경향이 있다. 미국의 외교정책이 '무오류'일 것이라는 인식적 함정에 쉽게 빠진다. 유학 시절 책으로 접했던, 합리적이고 건전한 미국 학계의 지성은 워싱턴에서는 발견하기 어렵다. 그러니 미국 외교정책의 실패 경험에서 전략적 교훈을 얻으려는 의지도 박약해 보인다. 미국의 세계적 지위가 위협받으면서 타국에 대한 공감대는 오히려 협소해지고 있다는 느낌을 받을 때가 많다.

한국과 북한을 포함한 한반도 역사에 대해서도 대체로 이해도가 낮은 편이다. 중국 문명의 바로 옆에서 한민족이 오랫동안 독자적 문화와 언어를 유지하게 되었던 역사적 배경에 대해서 제대로 아는 사람은 드물다. 과거 미국 세계사 교과서에서 배웠던 내용을 토대로 한반도를 '몽골에 의해 정복당했고(conquered), 만주족의 중국에 의해 지배당했으며(ruled), 일본에 의해 점령(occupied)되었던 지역'이라고 단순하게 묘사하는 것을 듣고 내심 충격을 받았던 적이 있다. 나의 과민인지 모르나, 그런 이유 때문인지 한국인이 대체로 대외 의존적이라고 간주하는 경향이 있어 보였다. 한국인에 내재되어 있는 존립의 의지, 주변국들에게 흔들리고 싶지 않다는 절실함의 욕구는 아예 관심조차 없어 보이는 투였다. 북중관계를 전제할 때도 북한과 중국 사이에 존재하는 미묘한 이격(離隔) 상태를 미국 전문가들은 제대로 보려고 하지 않는다. 그냥 '북한과 중국은 하나'라는 이념적 일체감의 전제를 유지하려는 듯 보인다. 미국이 이러한 전략적 전제를 유지하는 한 북한으로서는 중국 쪽으로 경사하려는 옵션 외에 다른 대안을 갖기 힘들 것이다. 그리되면 한반도 적대적 분단

구조는 더욱 강화될 것이 뻔한 이치다.

기관 한 곳에서 개최하는 한미 전략대화에서는 다수 토론자 때문에 공식 발표 시간이 겨우 10~15분 남짓 주어진다. 2~3개의 세션마다 적극적으로 토론에 참여한다 해도 발언 시간은 모두 합쳐 30분을 넘기 어렵다. 14시간 비행기를 타고 가서 평행선을 달리는 의견의 격차를 느끼며 '30분 이야기하려고 14시간 비행기 타고 왔다는 사실'을 불현듯 자각하면 자괴감이 들 때도 없지 않았다. 과연 의미가 있을까? 정책 공공외교가 기대만큼 효과는 있을까? '계란으로 바위치는 격'의 토론을 마칠 때마다 드는 생각들이었다. 워싱턴에 머무는 동안 이런 처연한 상념에 젖었다가도 서울로 돌아오는 비행기 안에서는 '그렇지만 우리라도 이런 짓 하지 않으면 누가 하겠나'하는 마음으로 생각을 고쳐 잡곤 했다. 그 패턴이 반복되어 온 지 벌써 15년이 넘은 듯하다.

"화성돈에 가면 편지를 띄우세요~"
누군가 나에게 이런 요청을 한다면 나는 누구에게, 어떤 내용을 담아 편지를 써야 할까? 나는 미래세대의 한국 전략가에게 편지를 띄우고 싶다. 애절하게 그리고 간곡한 문체로 쓰고 싶다. 결국, 한국의 '전략자산'을 더 늘려야 한다는 것이 핵심 내용일

듯하다. 전략적으로 운용할 수 있는 한국의 자산이 더 많아져야 정책 공공외교에 임하는 한국 전략가들의 포지션이 조금이라도 달라질 수 있을 것이다. 그런데 그 전략자산이란 첨단기술을 장착한 산업 능력, 군사 능력만을 의미하는 것은 아니다. 생각의 공간이기도 하다. 전략적 대안의 폭을 넓혀 국가가 기동할 수 있도록 만드는 사유(思惟)의 공간이다. 그러려면 한국의 전략가가 워싱턴의 시각으로만 우리 문제를 바라보는 일, 의존성의 역사에 분노하며 급격한 이탈 욕구를 가지는 일은 양 끝에 세워두고 그 사이 공간에서 생각의 폭을 하나둘씩 넓혀가 보라고 권유하고 싶다. 우리 세대가 살았던 시대는 그 폭이 너무 좁아서 참 서글펐다는 후기(後記)와 함께.

정치학 한류의 즐거운 상상

한국 문화의 글로벌 파급력은 괄목할 시대적 현상이 되었다. 영화 '기생충'으로 대표되는 K-무비나 BTS와 블랙핑크를 필두로 한 K-팝, '오징어 게임'이나 '지옥'과 같은 K-드라마가 세계인의 시선을 사로잡았다. 거기에 더하여 K-뷰티, K-푸드도 빼놓을 수 없다. 한국을 뜻하는 대문자 'K'와 결합한 각종 장르가 형성되어 K-culture라는 문화 현상을 풍성하게 낳았고, 이에 따라 한국 문화를 애호하는 K-fan 층의 규모도 세계적 범위로 확대되었다. 이러한 현상은 당분간 하나의 유행처럼 지속될 것으로 보인다.

문화는 언어와 영상을 통해 소비되기 때문에 한류 확산과 더불어 한국어의 매력도 주목을 받고 있다. 2021년 옥스퍼드 영어

사전에 '먹방'(*mukbang*), '애교'(*aegyo*), '대박'(*daebak*), '한복'(*hanbok*), '김밥'(*kimbap*), '오빠'(*oppa*), '누나'(*noona*) 등 한국어 단어 26개가 새로운 영어 단어로 등재되었다. 영어권 사람들 다수가 특정 외국어 단어를 일상에서 자주 사용하게 되면 영어권의 어휘로 자리를 잡는 것은 극히 자연스러운 일이다. 우리말 사전에도 상당수의 외국어가 등재된 것도 마찬가지다. 언어의 토착화 과정이다. 이런 추세를 반영하듯, 한글 교육에 대한 세계인의 흥미도 굉장히 높아졌다. 대학 교육 영역에서 한국학 분야도 관심 대상이 되었다. 서구 대학들의 연구와 교과 과정에서 동아시아학은 중국과 일본 연구가 전부였던 시절이 불과 얼마 전까지의 일이었다. 그때와 비교하면 이 역시 놀라운 변화다.

영어로 쓰인 한국어 단어

영어로 쓰인 사회과학 문서나 학술 논문을 보면, 영어가 아닌 외국어를 로마자 알파벳으로 표기하는 경우가 있다. 인명이나 지명 등의 고유 명사 표기를 제외하고서 말이다. 서구 문명의 역사성 때문인지 라틴어로 쓰인 단어나 표현이 유독 눈에 많이 띈다. 국제정치학 분야에서 자주 등장하는 라틴어 표기는 현상유지(*status quo*), 양식 혹은 협정(*modus vivendi*), 개전사유(*casus belli*) 등이 있다. 프랑스어로는 데탕트(*detente*)나 관계 개선(*rapproche-ment*) 등이 있고, 독일어로는 세계관(*Weltanshauung*)이라는 단어가 간혹 등장한다.

동양권 언어도 가끔 눈에 띄는데 서구 문화의 관점에서 딱히 적절한 단어가 없는 경우이거나 설명하기 어려운 특유한 현상을 설명할 때다. 이럴 때는 원어 발음 그대로를 영문 알파벳으로 표기한다. 그것을 통해 다소 멋을 부리려는 의도도 없지 않다. 일본어로는 후견인-피후견인(*oyabun-kobun*; patron-client) 관계나 사전협의(*nemawashi*; prior consultation) 등이 쓰였는데, 외교정책 과정에서 작동하는 일본 특유의 문화적 요인을 설명할 때 등장한 단어다. 중국어로는 관계(關係; *quanxi*)가 있다. 단순히 관계를 의미하는 것이 아니라 오랜 인맥이나 친밀한 네트워킹을 의미하는 대표적 중국어 표현이다. 또, 인력지방배치(下放; *xiafang*) 등이 주목을 받았던 적이 있다. 비교정치학 연구에서 중국 정치의 특징을 설명할 때 등장한 단어다. 중국 문화혁명 당시, 기존 권위 구조를 혁파하기 위한 정치적 조치를 설명하는 단어였다. 사회 지도층의 현장학습과 노동 가치 실현을 목표로 했다.

80년대 유학 시절, 정치학 분야에서 영어로 쓰였던 한국어 단어는 두 개였다. 하나는 '재벌'(*chaebol*), 다른 하나는 '주체'(*juche*)였다. 재벌은 군부, 관료집단과 더불어 한국의 산업화 과정에 핵심적 역할을 했던 행위자였다. 한국 경제성장을 분석했던 서구 학자들이 주목한 경제 집단이었다. 주체(사상)는 북한 정치를 상징하는 개념이었다. 중소분쟁의 미묘한 국제환경 속에서 북한이 취했던 정치적 행보를 설명하는 단어이기도 했다. 발전론 분야에서는 '주체'라는 개념이 중국 모택동주의(Maoism)의 자력갱생(self-reliance) 원리와 비교되었고, 북한의 권력 구조 및 국정 운영 원리는 물론, 개인의 일상에 영향을 미치는 철학적 개념으로 설명되기도 했다. '재벌'과 '주체', 분단된 한반도에 두 개의 다른 정치체제가 추구했던 두 개의 다른 지향점을 가장 극명하게 드러내는 두 단어여서 씁쓸했던 기억이 있다. 두 단어의 대립적 공존이 분단의 상징처럼 읽혔다.

정치학의 한류?

정치학에도 한류 바람이 불까? 아직은 실현되기 어렵다. 한국 정치학 연구가 세계가 주목하는 탁월한 업적을 냈다거나 독특한 학풍을 키웠다고 자부하기 힘들다. 한국 정치학자들 중에 봉준호나 BTS 같은 출중한 지식인이 아직 나타나지 못했다는 이야기다. 근대가 시작된 이래 지식은 주로 일본을 통해 전달되었고, 해방 이후에는 서구 이론을 직수입해서 재활용해 왔다. 모방과 재생산이 주된 일이었다. 조금 자조(自嘲)를 섞어 과장되게 표현하자면 한국의 정치학자들은 '기지촌 지식인'에 다름 아니다. 시(詩) 작품 '기내에서 비빔밥을 맛있게 먹은 이유'에서 나는 그렇게 자탄(自嘆)하며 표현한 적이 있다. (『꿈꾸는 평화』, 2015) 미군 부대 PX 유통 경로를 기민하게 파악하고, 그것을 이용하여 지역 상권에서 우월감을 가지려는 그런 부류의 사람들과 크게 다르지 않다.

20세기 사회과학 분야의 연구에서 일가를 이루었던 연구 공동체로는 프랑크푸르트학파나 아날학파가 있다. 독일과 프랑스에서 각각 발원했지만, 모두 국경을 뛰어넘어 세계 지성의 중요한 분파가 되었다. 국제정치학 연구에는 주류인 미국 국제정치학 외에 영국학파, 코펜하겐학파라고 불리는 지류가 있다. 지적(知的) 고민과 성찰의 결과들이다. 한반도에서는 제국주의 침탈의 역사, 약소국의 경험과 기적적 성장, '1민족 2국가 체제'를 만든 분단과 전쟁, 지속적 이념 대립이라는 독특한 궤적을 가졌지만, 이 분야에서 한국학파, 서울학파라는 말을 만들어내지는 못했다. 기지촌 문화 때문일 것이다. 현상에 내재된 보편성 요소와 (지역적, 국가별) 특유성 속성 간에 놓인 분절과 융합에 대해 좀 더 치열한 고민이 필요하다. 이에 더하여 문화와 국제정치, 외교정책과 문화적 확산 간의 관계에 대해서도 학술적 주제로서 더 깊이 고민해 봐야 할 것들이 있다.

감정과 국제정치: 감정을 표현하는 단어들

'국가는 왜 행동하는가?'(Why Nations Act?) 이 질문은 국제정치학 가장 본원적 질문의 하나다. 국가 행동을 국가이익 중심으로 설명하는 방식, 혹은 힘(power)의 배분 상태로 설명하는 것은 거의 상식 수준에 가깝다. 좀 더 깊숙하게 국가 내부의 요인들을 찾아 들어가면 정책결정자의 심리요인, 관료집단 간의 갈등 구조, 사회 내부의 이념과 경제적 동인, 여론과 미디어의 역할 등 실로 다양한 요인들이 국가 행동을 결정한다.

흥미롭게 주목해 봐야 할 요인은 국가 행위의 감정적 요인(sentiment / emotion)이다. 국가 행동이나 외교정책을 결정하는 주체가 기계나 AI가 아닌 다음에야 인간이 지니는 감정이 일정 부분 작동하는 것은 어찌 보면 당연하다. 감정적 요인들로는 증오심, 분노, 두려움, 복수심, 자긍심, 친근감, 명예심 등의 요인이 거론된다. 예컨대 분노의 감정이 적절하게 거론되는 대목은 '위기의 국제정치'와 같은 상황이다. 국가 간 위기는 첫 위기 발생 시점보다 재발 시점에서 폭발력이 더 강해지는 경향이 있다. 그것은 첫 위기의 봉합 단계에서 형성됐던 기대감이 무너졌기 때문이다. 이럴 때 정책결정자들은 배신감 때문에 분노한다. 감정적 요인이다. 정책결정자의 감정이 확장되면 여론이라는 이름의 사회적 정서가 된다. 그래서 국가도 분노의 감정을 드러내는 상황이 만들어지는 것이다.

감정 요소는 미묘한 심리상태에 대한 구분이고 설명이다. 국가나 사회별로 축적된 문화적 배경이 다르면 감정들의 구성 내용과 표현 방식도 달라진다. 좋아하고 싫어하는 감정, 부끄러움과 자긍심, 애틋함, 명예와 분노 등의 섬세한 감정의 토대는 문화적으로 미묘하게 다르다. 말과 글로 표현되는 감정은 그 사회 내에 축적된 문화적 배경 속에서 의미를 가진다. 감정 표현이 공감대를 갖지 못하면 오해가 생기기도 한다. 이런 점은 국가와 국가 사이에서도 마찬가지여서 미국 외교사학자 이리예(Akira

Iriye)는 '권력과 문화'(power and culture)라는 주제로 주목하기도
했다.

감정에 관련된 내용이나 해석을 서구 문화적 판단이나 영어
가 독점적으로 다 표현하기는 어렵다. BTS 아미들이 주목했던
한글 가사에 '소복소복'이라는 표현이 있었다. 눈이 이쁘게 쌓이
는 모습을 표현한 것인데, 영어 번역이 너무 불충분하다고 생각
하여 한글의 영어표기, *sobok sobok*'을 그대로 쓰기로 했다는 이
야기를 들은 적이 있다. 같은 맥락이라면 국제정치영역에서 국
가 감정이나 감성적 행동을 표현하는 개념으로 한국어 낱말이
영문 알파벳으로 표기되는 날이 오지 말라는 법은 없다. 그래서
대략 생각해 본 후보 단어들은 아래와 같다.

쪼잔하다

인간관계에서 작은 이익만 챙기려는 소인배 행동을 이르는
말이다. 국가 간 관계에서도 확대 적용될 수 있다. 중국이나
미국이 대국답지 못하게 잔머리를 굴리는 행동을 할 때라든
지, 일본이 너무 사소한 문제에 집착하는 모습을 보일 때 이
러한 행동을 비난하는 표현이다. 이를테면 사드 배치 때처럼

중국이 한국에게 뭔가 불이익을 주고야 말겠다는 의도로 사안들을 연계하여 보복적 행동을 취하려 했을 때 한국인들이 느꼈던 감정이다. 대국은 대국답게 의연하게 행동해야 한다는 한국인 정서가 내포되어 있다. 비슷한 영어 단어로는 petty, small-minded가 있겠으나 우리말 '쪼잔'(*jjonjan*)을 사용해야 할 때와 느낌이 조금 다르다. 충분히 '쪼잔'하게 느껴지지 않는다.

쪽팔림

'쪽'은 얼굴을 나타내는 속어지만, '쪽팔리다'라는 우리말 표현은 자신의 명예와 체면에 손상을 입게 되는 상황에 직면했을 때, 혹은 부끄러움으로 낯이 화끈거리는 느낌을 표현하는 단어다. 영어 단어 embarrassed, humiliated, losing face라는 단어로는 충분히 표현해내기 어렵다. 한일관계는 은근히 경쟁과 질투의 감정이 작동하기도 한다. 일본과는 '가위바위보'도 져서는 안 된다고 의지를 다질 때가 있다. 오랜 구원(舊怨) 때문이다. 스포츠 경기도, 외교도 '쪽팔리지' 않기 위해서 분투하기도 한다. 2021년 한국과 일본 정부가 각각 실행했던 아프가니스탄 교민/협력자 탈출 성공기와 실패기를 비교하면서 일본이 '좀 쪽팔렸겠다'라고 느꼈던 한국인이 제법 있었을 것이다. 원칙과 행위 사이에 간극이 너무 크면 '쪽팔릴' 수가 있다. 한국 외교에도 이런 위험성이 전혀 없는 것은 아니다. (*jjock pallim*)

삐짐

토라짐과 비슷한 감정인데, 배신감(a sense of being betrayed)과는 다른 감정이다. 비슷한 영어로는 배 아파하거나 억울해하는 느낌의 단어, begrudged가 있으나 느낌이 꼭 같지는 않다. 나의 기대감이나 어려움을 상대방이 제대로 이해하지 못하는 것처럼 보일 때 부정적 감정 상태가 생긴다. 이를 묘사하는 단어가 '삐짐'(*bbizzim*)이다. 한-미-일 3국 관계에서 미국이 어느 한쪽만 편드는 행동을 취하면 한국이나 일본 어느 한쪽은 '삐질' 가능성이 있다.

딴지(딴죽)

사소한 일로 훼방을 놓거나 본질적 사안이 아닌 건으로 시비를 거는 행동을 묘사할 때 사용하는 말이다. 사람이나 국가가 뭔가 비열하고 얌체 같은 행동을 할 때 이를 비판적으로 묘사할 때 적절하다. 이를테면 2018년 이후 한반도 평화구상의 실천과정에서 일본이 했던 외교적 방해 행동은 '딴지'(*ddanji*)

라는 단어에 가장 가깝다. 비슷한 영어 어휘로는 nitpicky가 있겠으나 '딴지'만큼 입에 달라붙는 단어는 아닌듯하다.

당당하다

한국 외교의 오랜 숙원같은 것이 있다. '당당한' 외교다. 동북아에서 한반도가 처한 지정학적 조건도 그러하거니와, 주변국들과 힘의 상대적 크기 때문에 외교적 행보가 다소 위축됐던 것도 사실이다. 감정적으로도 이런 기분에 젖어드는 것을 저어한다. 그 위축감이나 열패감을 극복하려는 노력이 성장과 발전의 동력이 되었던 것도 부인하기 어렵다. 세계 속 한국의 경제력이나 문화의 능력이 그러하듯 외교의 미래도 좀 더 '당당'하기를 기대한다. 주변의 위협에 '흔들리지 않는' 나라가 되겠다는 표현도 그런 감정적 요인에서 비롯된 것이다. 당당함을 표현하는 영어 표현으로 dignified(위엄있는), confident(자신감 있는) 등의 단어가 있으나, 차이점이 있다. 한때 피해자였던 국가가 내세우는, 혹은 내세우고 싶은 '당당함'의 결연한 의지와는 다소 어감의 차이가 있다. 서러움을 경험해 봤던 나라의 감정이 '당당함'인 것이다. 그래서 'dangdang'이라는 영문 표기도 리스트에 포함시켜 두고 싶다.

생각의 최전선

BTS와 그들의 아미 덕분에 가지게 된 즐거운 상상이다. 가장 한국적인 것이 가장 세계적인 것이다. 그럼에도 불구하고 보편 성과 특유성 사이의 간극이 만든 고민은 여전하다. 세계는 하나 로 통합되는 있다는 생각과 개체의 존립에 근거하여 다양성이 원리여야 한다는 생각이 공존하고 있는 시대다. 그 시대가 우리 에게 던지는 작은 고민이기도 하다.

같은 제목으로 「전략단상」(국가안보전략연구원, 2022. 02.17)을 통해 발표했던 글 이다.

3·1 독립선언서의 새로운 감상(1):
새로운 한일관계를 위한 해법

    3.1 독립선언서는 참으로 명문(名文)이다. 거기에는 놀라운 시대 성찰, 그리고 심오한 정치철학적 사유(思惟)가 내장되어 있다. 19세기 이래 제국주의와 식민주의가 남긴 상처, 그리고 미증유(未曾有)의 살육전이었던 제1차 세계대전을 겪은 후, 세계 문명이 나아갈 방향을 통찰하고 제안하고 있다. 침략주의, 강권주의를 비판하면서 정의, 인도주의, 민족자존의 권리의 시대적 정당성을 주창했다. 동양 평화에 기반한 세계 평화의 염원도 담았다. 피압박 상태에 놓여있었던 한반도에서 1919년의 시대적 의미를 이렇게 탁월하게 독해하고 있다는 사실이 실로 경이롭다. 게다가 비폭력 저항의 위대한 정신을 독립 실천 방도에 포함시켰던 점에 이르면 탁월한 시대 감각에 새삼 감탄을 금치 못한다.

"오등(吾等)은 자(兹)에 아조선(我朝鮮)의 독립국임과 조선민(朝鮮民)의 자주민(自主民)임을 선언하노라."로 시작되는 기미독립선언서를 처음 읽었던 것은 중학교 시절이었다. 당시에는 그 뜻을 제대로 새기기 어려웠다. 어려운 한자 표현이 섞여 있기도 했지만, 세계사와 국제정치의 흐름에 대한 지식을 갖추지 못했던 탓이 컸다. 국제정치사를 조금씩 공부하게 되면서 이 선언서의 위대한 정신 때문에 간혹 숙연해지곤 했다.

그런데 매년 이 선언서를 읽을 때마다 감상이 다르다. 시선이 길게 머무는 곳은 해마다 다른 지점이다. 2021년 3월, 특별히 눈을 한동안 떼지 못했던 표현과 문장은 당시 시점에서 일본을 대하는 태도에 관한 것이었다.

"우리는 일본이 1876년 강화도조약 뒤에 갖가지 약속을 지키지 않았다고 해서 일본을 믿을 수 없다고 비난하는 게 아니다. 일본의 학자와 정치가들이 우리 땅을 빼앗고 우리 문화 민족을 야만인 대하듯 하며 우리의 오랜 사회와 민족의 훌륭한 심성을 무시한다고 해서, 일본의 의리 없음을 탓하지 않겠다."

일본 '국민' 전체를 탓하고 나무라는 것이 아니라 '일본의 학자와 정치인들'이라고 꼭 집어 강제병합과 강압통치의 책임을 묻고 있다. 침탈, 청일전쟁과 러일전쟁, 을사늑약, 통감부 설치, 정미7조약, 그리고 강제병합은 모두 일본 정부의 정치적 결정이었다. 선언서는 그 무모했던 정치적 판단을 점잖게 나무라고 있다. 이 접근 태도는 지금도 주목할 만하다. 요즈음 우리가 일본을 대할 때 일본 정부와 일본 국민을 분리하는 것이 대일 공공외교를 더 원활하게 할 수 있다는 점을 많은 전략가들이 제안하기도 한다. 일본 내 일부 지식인들의 주문도 이와 유사하다. 3~4년 전 동경에서 만났던 일본의 한 저명 학자는 "문재인 정부가 3·1절 기념사를 작성할 때 아베 정부는 비판하되, 일본 국민들은 설득의 대상으로 생각해달라."고 간곡히 요청했던 적도 있다.

그런데 선언서에 '일본의 학자'를 비판했던 점에 다시 주목하게 된다. 학자의 역할이 식민지 정당화의 이론적 토대로 쓰였던 임나일본부설에 국한된 것은 아니었을 것이다. 무릇, 어느 나라이건 국가의 대외정책은 전략구상이라는 지적 과정을 통해 만들어진다. 그리고 전략이란 시대 상황에 대한 지적(知的) 독해와 '무엇을 할 것인가?'라는 전략 담론의 토대 위에서 토의되고 구상된다. 일찍이 정한론(征韓論)을 주장했던 요시다 쇼인(吉田松陰)도 막말(幕末) 지식인이었다. 그로부터 지적 영향을 받았던 메이지 정부 정치인들이 이익선이니 주권선이니 하는 전략개념을 만들었고 결국 한반도 침탈정책으로 실천되었다. 요컨대, 무모한 정치적 결정 뒤에는 곡학아세(曲學阿世)했던 지식인의 역할이 있었음을 선언서는 직시하고 있었다.

또 다르게 시선을 사로잡는 표현은 '의리 없음'이라는 표현이다. 의리(義理)라는 표현은 최근 들어 너무 협의(狹義)로 사용되는 경향이 있다. 조직 속 인간관계에서 집단주의 원리나 복종과 헌신의 의무를 강조할 때 이 단어를 사용한다. 영어로 표현할 때도 'loyalty'라고 번역해 놓은 사전도 있다. 그러나 의(義)는 한국 문화에서 오랜 기간 '올바른 길'을 의미해 왔다. 생각과 행위를 결정할 때 옳고 그름의 관점에서 봐야 한다는 도덕적 당위에 관련된 단어다. 의병(義兵)은 '올바른 뜻을 펴기 위한 거병'을 의미하는 것이니 'righteous army'라고 번역한다. 1919년 우리 선조들은 일본 정치인과 학자들이 1876년 이래 '바르지 못한' 길을 선택했음을 준열하게 꾸짖고 있다.

그러나 조선 선비의 의연함은 다음 대목에 더 선명하게 드러나 있다.

"양심이 시키는 대로 우리의 새로운 운명을 만들어 가는 것이지 결코 오랜 원한과 한순간의 감정으로 샘이 나서 남을 쫓아내는 것이 아니다. 우리는 단지, 낡은 생각과 낡은 세력에 사로잡힌 일본 정치인들이 공명심으로 희생시킨 불합리한 현실을 바로잡아, 자연스럽고 올바른 세상으로 되돌리려는 것이다."

그리고 이어지는 문장이 참으로 숙연하다. 미래에 일어날 일을 미리 꿰뚫어 보고 있었던 듯하다.

"처음부터 우리 민족이 바라지 않았던 조선과 일본의 강제 병합이 만든 결과를 보라. 일본이 우리를 억누르고 민족 차별의 불평등과 거짓으로 꾸민 통계 숫자에 따라 서로 이해가 다른 두 민족 사이에 화해할 수 없는 원한이 생겨나고 있다."

이웃 나라를 강제병합해버린 일본의 그 정치적 결정은 참으로 무모했다. '화해할 수 없는 원한'은 당대의 판단만이 아니었다. 그로부터 지난 100여 년 동안 한일 양국관계에 '원한'은 무겁게 남았다. 우리로서는 식민지형 경제 수탈, 문화재 약탈, 강제 징용, 징병, 위안부, 창씨개명, 한국어 말살 정책 등 남겨진 '원한'은 다 헤아리기 힘들다. 반면, 일본은 여전히 한국을 깔보며 식민지 경영을 통해 한국에게 은혜를 베풀었다고 믿는 사람들이 아직도 많다. 그러니 양국은 제대로 된 화해과정을 찾기 힘들었다. 화해는 비극적 사건의 원인과 해법을 모두 포괄하는 정치적 과정이다. 그 과정의 마무리가 '용서'다. 가해자가 가해의 행위를 부인하면 화해는 입구에서부터 봉쇄된다. 102년 전 예견하듯 우려했던 '화해할 수 없는 원한'은 시대가 흐르면서 다른 양식으로 표현되어왔다. 기억은 현실의 문제가 되었다. "오늘은 그 불행했던 역사 속에서 가장 극적이었던 순간을 기억하는 날입니다. 우리는 그 역사를 잊지 못합니다. 가해자는 잊을 수 있어도, 피해자는 잊지 못하는 법입니다."(2021년 3·1 독립운동 102주년 대통령 기념사 중 부분)

지난 100여 년 동안 강제 병합의 정치적 결정은 지금까지도 일본의 정치적, 도덕적 짐이 되어 남겨졌다. 일본의 전후 세대들은 그들 이전 세대의 정치적 결정 때문에 일종의 후과(後果)를 치르고 있는 셈이다. 어쩌면 일본이라는 국가 전체가 100여 년 전 잘못된 정치적 판단으로 두고두고 비용을 지불하고 있는지도 모른다. 그러나 역사에서 교훈을 제대로 찾았는지는 의문이다. 일본 내 일부 세력은 '사과를 언제까지 반복해야 하냐'며 오히려 짜증을 낸다. 그것이 혐한의 주된 논리가 되었다. 그러나 사과가 양국 간 현안이 된 것을 한국에게 탓할 일이 아니다. 피해자가 보기에 '가해자가 사과할 마음이 없어 보이는데 사과하는 시늉만 하니 사과로 느껴지지 않는다'고 생각하는 것이다. 더욱이 사과 문구와 정도를 외교협상으로 협의하려는 태도도 진정한 사과로 보이지 않는다. 역사문제에 대해 정부가 정치적, 외교적으로 뭔가를 합의한다고 화해가 금방 가능해지겠는가? 일본에게는 1910년에도 그랬지만 정치적 결정을 너무 쉽게, 너무 안이하게 간주하는 경향이 있는 듯 보인다. 사람의 기억을 정치적 결정이 어떻게 통제한다는 말인가? 정부가 '이제 슬픔 그만!!'이라고 합의한다고 슬픔이 사라지겠는가?

그러나 한일 두 나라가 걸어가야 할 길은 100년 전이나 지금이나 같은 논리 선상에 있다. 이웃 나라 간에 단교도, 이사도 어렵다. 역사화해는 결국 사람 마음이 핵심이다. 그래서 시간이 필요하다. 반면 이웃 국가로서 협력해야 할 일은 더 많다. 투트랙 접근은 그런 결단에서 나왔다. 역사문제를 외교관계 입구에 마냥 방치한 채 둘 수는 없는 것이 아닌가. 이 문제 역시 선언서는 해법을 미리 남겨 놓았다.

"과감하게 오랜 잘못을 바로잡고, 진정한 이해와 공감을 바탕으로 사이좋은 새 세상을 여는 것이, 서로 재앙을 피하고 행복해지는 지름길임이 분명하지 않은가!"

생각의 최전선

1919년 기미독립선언서는 당시 한민족의 시대 아픔을 드러낸 절규였다. 동시에 의연한 결기로 새로운 시대를 열어가고자 했던 선언이었다. 그러나 일본은 제대로 귀담아 듣지 않았다. 그리고 그 미완의 책임이 후대(後代)에게 도덕적 부채로 남겨졌다. 일본의 '학자와 정치인들'은 1919년의 한국인이 진단하고 처방했던 시대정신에서 답을 찾아야 한다. 그러기 위해서 지금이라도 일본인 특유의 세밀하고 치열한 태도로 기미독립선언서를 정독할 것을 권하고 싶다.

"3·1 독립선언서, 2021년의 특별한 감상"이라는 제목으로 「전략노트」 5호(국가안보전략연구원, 2021)를 통해 발표했던 글이다.

3·1 독립선언서의 새로운 감상(2):

1919년의 봄과 이상화, 그리고 2018

봄을 이기는 겨울은 없다.

겨울의 모진 날들을 살다 보면 매서운 겨울바람에 압도당하여 봄이 아득히 멀리 느껴질 때가 있다. 그러나 살다 보면 살아진다. 순리(順理) 자연(自然)의 도를 따라 짙었던 겨울색은 하나둘씩 옅어진다. 수필가 이양하가 '신록예찬'에서 표현했던 대로 '청신하고 발랄한 담록(淡綠)'의 계절은 기어이 온다.

봄, 1919

역사의 흐름에도 봄기운이 그렇게 감지될 때가 있다. 1차 대전이 끝난 이후의 세계가 그랬다. 제국주의 시대의 온갖 모순들이 농축되어 발발했던 전쟁이 1차 대전이었다. 전쟁의 배경에는 19세기 산업화 이후 서양 제국들이 추진했던 경제력의 성장과 그로 인해 불가피하다고 판단했던 해외 팽창의 동력이 있었다. 과학기술의 발전은 새로운 무기체계의 개발과 살상력을 키웠다. 민족주의와 애국주의의 함양과 확산은 국민 전체를 전쟁에 동원하는 총력전의 토대를 만들었다. 또 유럽에서 세력균형론의 허상(虛像)은 군비경쟁 가속화의 원인이기도 했다. 19세기 말에 이르러 세계의 주요 지역은 더 이상 외교협상으로 조정하고 나누기 어려울 정도가 되었다. 제국주의는 확장되어 신제국주의 시대로 불렸다. 경쟁과 투쟁의 심리가 맹렬하게 타올랐고, 그런 모든 현상들의 끄트머리에 참혹한 전쟁이 기다리고 있었다. 그 전쟁은 그때까지는 겪어보지도 못했던 세계적 규모의 전쟁이었다. 4년이 넘는 전쟁으로 군인 980여만 명이 사망했고, 부상자를 포함하면 사상자는 3,200만 명이 넘었다. 민간인 사망자도 800만 명에 이르렀다. 대참사, 대재앙이었고, 미증유(未曾有)의 폭력이었다.

참혹했던 전쟁이 끝났으니 새로운 시대가 와야 한다고 사람들은 믿었다. 정치인들과 사상가들은 새로운 시대의 도래를 열망했다. 윌슨(Woodrow Wilson)은 민족자결주의를 주창했고, 그런 정신이라면 제국주의 시대가 낳았던 식민지 문제의 모순이 해결될 것 같았다. 국가들의 정책과 국제적 합의 사항 곳곳에 이상주의가 투사되었던 것도 그 무렵의 시대 정신이었다. 조선의 지식인 최남선도 그런 시대사조를 적확하게 읽었다. 그렇게 쓰인 3·1 독립선언서를 한용운은 식민지 조선에 불어올 봄바람을 기원하며 낭랑하게 읽어 내렸다.

아, 새로운 세상이 눈앞에 펼쳐지는구나. 힘으로 억누르는 시대가 가고, 도의가 이루어지는 시대가 오는구나. 지난 수천 년 갈고 닦으며 길러온 인도적 정신이 이제 새로운 문명의 밝아오는 빛을 인류 역사에 비추기 시작하는구나. 새봄이 온 세상에 다가와 모든 생명을 다시 살려내는구나. 꽁꽁 언 얼음과 차디찬 눈보라에 숨 막혔던 한 시대가 가고, 부드러운 바람과 따뜻한 볕에 기운이 돋는 새 시대가 오는구나.

온 세상의 도리가 다시 살아나는 지금, 세계 변화의 흐름에 올라탄 우리는 주저하거나 거리낄 것이 없다. 우리는 원래부터 지닌 자유권을 지켜서 풍요로운 삶의 즐거움을 마음껏 누릴 것이다. 원래부터 풍부한 독창성을 발휘하여 봄기운 가득한 세계에 민족의 우수한 문화를 꽃피울 것이다.

3·1 독립선언서가 발표되고 한반도 전역에서 만세운동이 일

어났다. 얼어붙은 한반도 땅에 봄기운 그득한 새 시대를 열고 싶어 했던 민족적 외침이었다. 만세 시위는 비폭력 저항 운동이었다. 이 시위에 참여했던 조선인은 100만 명이 넘었다. 그러나 희생도 따랐다. 사망자가 900여 명, 구속된 자가 4만7,000명을 웃돌았다. 서대문 형무소에 갇혀서도 독립 만세를 외쳤다. 그러나 이완용을 비롯한 친일파들은 이런 열망을 무모하고 쓸데없는 짓이라며 비웃었다. '치안 방해'를 하는 짓이라 규정하고 '엄중 진압' 운운하는 경고문구까지 동원하여 위협하기도 했다.

이상화의 불안한 봄

봄은 쉽게 오지 않았다.

일제도 통치방식만 일부 바꾸었을 뿐, 조선의 독립을 허용할 리 만무했다. 국제정치 영역에서도 생각과 권력이 어긋나기 시작했다. 파리강화조약은 패전국 독일에게 감당하기 어려운 전쟁 배상금을 부과했다. 가혹한 처벌이었다. 국제연맹이 탄생했으나 주도했던 미국은 참여하지 않았다. 민족자결주의는 허공에 흩뿌려진 구호와 같았다. 식민지 백성들의 마음을 들뜨게 했으나 그것이 무엇을 위한 국제원리였는지는 2차대전이 끝나고서야 드러났다. 아시아·태평양 지역의 새로운 질서의 조형을 위해 열강들은 미국 워싱턴에 모였으나 제국주의 카르텔 구조만 재확인했을 뿐이다. 정의와 평화라는 이름은 어설프게 덧댄 누더기와 같았다.

3·1 만세운동으로부터 7년이 지나 최남선이 지었던 희망의 노래에 시인 이상화는 우려 섞인 목소리로 대답했다. 봄이 도무지 올 것처럼 보이지 않아서였다. 이상화만의 우려도 아니었다. 2천만 한국인들의 걱정도 같은 심정이었다. "지금은 남의 땅 — 빼앗긴 들에도 봄은 오는가? // 나는 온몸에 햇살을 받고 / 푸른 하늘 푸른 들이 맞붙은 곳으로 / 가르마 같은 논길을 따라 꿈속을 가듯 걸어만 간다. // 입술을 다문 하늘아, 들아 / 내 맘에는 나 혼자 온 것 같지를 않구나 / 네가 끌었느냐 누가 부르더냐 답답워라 말을 해 다오. // 바람은 내 귀에 속삭이며 / 한 자국도 섰지 마라 옷자락을 흔들고 / (중략) // 그러나 지금은 — 들을 빼앗겨 봄조차 빼앗기겠네." (이상화, '빼앗긴 들에도 봄은 오는가' 부분)

빼앗긴 들에 봄은 쉽게 오지 않았다.
남의 땅이 되어버린 한반도에는 겨울의 찬 기운이 무겁게 내려앉았다. 일제 통치에 분노하며 단말마 같은 외침을 간헐적으로 질렀으나 대부분의 시간은 울분을 삼키며 침묵했다. 나라를 찾겠다는 사람들은 눈물을 흘리며 한반도를 떠났고, 중국과 미국을 비롯, 이국땅 여기저기에 흩어졌다. 청년 윤동주는 '밤비가 속살거리'는 '남의 나라' '육첩방(六疊房)'에서 너무 쉽게 쓰인 시를 부끄러워하며 고뇌하고 참회했다. ('쉽게 씌어진 시') 독립운동을 위해 중국땅으로 떠났던 이육사에게는 식민지 조선의 겨울이 너무 짙었다. 그러나 그는 극한상황을 마주하면서도 마지막까지 희망을 붙들고 견디려 했다.

매운 계절의 채찍에 갈겨
마침내 북방으로 휩쓸려 오다.
하늘도 그만 지쳐 끝난 고원
서릿발 칼날진 그 위에 서다.
어디다 무릎을 꿇어야 하나
한 발 재겨 디딜 곳조차 없다.
이러매 눈 감아 생각해 볼밖에
겨울은 강철로 된 무지갠가 보다.

  － 이육사, '절정' 전문

2018년 한반도의 봄

해방 이후 70여 년, 사람들의 입속에서 봄은 무수히 피어났고 각기 다른 방식으로 희망 품은 노래로 불렸다. 봄은 여전히 따듯한 관용이었고, 기원이었고, 그리고 사랑의 단어였다. 그러나 한국 정치에서도 봄은 쉽게 오지 않았다. '행복의 나라'로 가고 싶었던 가수 한대수는 '봄과 새들의 소리'를 듣길 원했으나 군사독재의 70년대에는 도무지 '비가 오지 않아' 그는 목말라 했다. ('행복의 나라로', '물 좀 주소') '비만 온다면' '다시 일어'날 수 있다고 노래했던 그는 물기 풍부한 '저 언덕 너머'의 세상을 꿈꾸었다. ('물 좀 주소') 시인 김지하가 가사를 쓰고 김민기가 곡을 붙여 가수 양희은이 불렀던 '금관의 예수'가 묘사했던 1970년대의 한국은 '겨울 한복판'이었고, '얼어붙은 하늘, 얼어붙은 벌판'이었다. ('금관의 예수') 그러나 한국인들은 그 어두웠던 겨울의 정치를 민주화의 열망으로 이겨내기 시작했다. 보통 사람들이 함께 손에 손을 잡음으로써 마침내 봄을 깨운 것이다. 민주주의로 한국 문화에 내장된 창의성을 꽃 피우게 했고, 한국인들은 BTS를 앞세우고 봉준호를 앞세워 놀라운 문화의 능력을 뽐내게 되었다. 바야흐로 세계의 중심으로 들어서려는 것이다. 3·1 독립선언서에서 맹세했듯이 '풍부한 독창성'을 발휘하여 '민족의 우

생각의 최전선

수한 문화'를 마침내 꽃 피우는 시대를 만들었다.

한국 문화의 봄보다 한반도의 봄은 다소 늦게 찾아왔다. 시대의 계절로서 봄기운이 한반도 전역에 느껴지기 시작했던 지점은 2018년이었다. 평창과 판문점에서 한반도 평화구상이 첫걸음을 막 떼기 시작하자 세계가 입을 맞춘 듯 그 변화를 묘사했다. 모두가 공감했던 표현이 "한반도에 봄의 계절이 왔다."(Springtime is coming to the Korean Peninsula.)였다. 냉전의 모진 겨울을 평창의 설원(雪原)에서 축제로 바꾼 다음에야 봄은 열리기 시작했다.

2018년, 남북한 두 정상은 한반도에서 봄을 출발시켰다, .. 연두빛의 여린 나뭇잎을 보며 그 설레고도 장중한 시작을 함께 느꼈다. 2018년을 기점으로 한반도는 새로운 패러다임의 문 앞에 서게 되었다. 훈훈한 봄바람에 장착된 역사적 의미가 자못 무거웠다. 민족내부 관계 (intra-national relations)에서 발신한 동력이 국제정치(international relations)를 견인할 수 있게 되었다는 의미에서 그러했다. 지금까지 한반도 기상도를 결정해 왔던 것은 주로 국제정치 영역이었다. 식민지, 분단, 전쟁, 대립. 대부분 그러했다. 남북한은 피동적 행위자에 머물러 왔다. 열강들의 한반도 결정들을 수용하고, 소비해왔다. 국제정치 역학관계 때문이기도 했고, 지정학적 조건 때문이기도 했다. 4·27 판문점 선언, 9·19 평양선언은 이전의 그 패턴을 바꾸고자 하는 외침이었

다. ('북국에도 봄이 열려, 한반도를 생각하다', 『풍경을 담다』 부분)

2019년 2월, 하노이 북미 정상회담이 노딜로 끝나면서 봄이 오는 속도가 다시 늦추어 졌다. 한반도는 침묵의 시간 속으로 진입한 듯하다. 변화에 대한 열망과 이탈에 대한 두려움이 서로 맹렬하게 부딪힌 탓이다. 그러나 이상(理想)이 살아 숨 쉬는 한, 역사는 쉽게 퇴행하지 않음을 다시 새겨두는 것도 필요하다.

지금 한반도는 꽃샘추위의 계절이다.

그러나 봄을 이겨내는 겨울은 없다. 봄은 반드시 온다. 인내하며 열망해야 그 위대한 소중함을 느끼게 될 것이다. 지금은 전환의 아슬아슬한 마지막 계절, 꽃샘추위의 시대다. 발길을 잠시 멈칫하게 만들 수는 있으나 그런다고 다시 겨울로 되돌아갈 수 없는 그런 계절이다. 옷깃은 잠깐 여미어야 하겠으나 봄을 향한 높고 긴 시선을 거둘 수는 없다. 이겨내고 슬기롭게 헤쳐나가야 잎들 무성한 한반도의 여름, 풍성하고 화려한 금수강산의 가을을 맞게 될 것이다.

이 글의 뒷부분은 "북국에도 봄이 열려, 한반도를 생각하다"를 일부 고쳐 썼다. 『풍경을 담다』(오래, 2020).

소설 『파친코』와 경계 위의 꽃

소설 『파친코』(Pachinko, 2017)는 재미작가 이민진의 장편소설이다. 일제 강점기 이후 4대에 걸쳐 일본에서 살아가게 된 여인과 그 가족의 이야기가 담겼다. 마치 박경리의 소설 『토지』가 최서희와 그녀를 둘러싼 인물들을 통해 한국 근대사의 변화를 보여주듯 소설 『파친코』도 20세기 동아시아 지역에서 벌어졌던 역사의 굴곡을 재일교포(자이니치, 在日)가 겪어야 했던 삶을 통해 드러내고 있다. 주인공 선자 가족이 겪었던 삶의 현장에는 대부분 고통의 색이 짙었다.

이 소설은 개인사나 가족사를 통해 시대사의 단면을 보여준다는 측면에서 일종의 인류학적 접근법에 기반한 작품이기도 하다. 어떤 개인이나 가족도 역사로부터 자유로운 사람은 없다. 작가 이민진도 그런 문제의식을 품고 소설을 다음의 첫 문장으로 시작한다. "역사가 우리를 망쳤지만 그래도 상관없다."(History has failed us, but no matter.) 교수 시절, 외교사 공부를 따분하게 생각할까 봐 학생들에게 가족사를 쓰게 했던 적이 있다. 책에서 읽는 역사가 그냥 상상 영역의 추상적 대상이 아니라 나와 우리의 삶을 결정하는 현실의 거대한 파고(波高)였다는 사실을 깨닫게 하는 것이 과제의 목적이었다. 역사라는 강(江) 속에서 개인의 삶이란 참으로 작은 입자(粒子)들이다. 때로는 너무 허무하게 희생되기도 하고 예상치 못한 방향으로 변곡(變曲)되기도 한다. 그런 의미에서 보면 역사와 개인 삶의 관계는 하나같이 드라마틱한 요소들을 내장하고 있다. '기구하지 않은 인생이 어디 있겠는가'라는 표현은 다소 통속적이지만 가장 적절한 표현일지 모른다. 특히 전쟁과 갈등, 증오로 점철되었던 동아시아 지역에서 근현대사를 살아냈던 사람들의 삶은 그 역사 속에서 다양한 고통을 감내해야 했을 것이다.

동아시아 근·현대사에서 인간 삶의 뒤틀림을 가장 잘 드러내 보여주는 집단이 있다면 재일교포, 자이니치일 것이다. 자이니치는 일본 사회에서 삶을 영위하고 있는 경계인들이다. 경계선에 몰린 사람들이다. 일본에서 태어났고 일본 사회 속에서 살아

생각의 최전선

가고 있지만, 결코 그 사회에 속하기 힘든 집단이다. 속하지 못한다는 것은 '소속감을 갖지 못한다'는 것으로도 표현할 수 있을지 모르지만, 어감과 핵심 전제가 전혀 다르다. 소속감을 갖지 못하는 것은 자이니치 그들의 자발적 결정이 아니라 소속과 포용을 거부하는 일본의 정치적 결정, 사회적 인식 때문이다. 애초에 자이니치가 탄생하게 된 원죄는 일본에 있으나 전후(戰後) 일본 사회가 그 해법을 제대로 작동시키지 못하는 상황을 만들었고, 오히려 일본 국민과 분리하고자 그들을 경계선 위에 세워두려는 태도가 점점 강화되어 왔다. 경계에서 작동하는 인식은 편견, 멸시, 그리고 차별이다. 법적으로는 특별영주자로 규정하고는 있으나 그 구분이 오히려 경계의 벽을 암암리에 더 견고하게 높이는 조건이 되어 왔다.

일본에는 원죄에 대한 결자해지(結者解之)의 태도가 아니라 그들을 별개의 집단으로 분류하여 배제하고 싶은 인식이 여전히 더 강하다. 소설 속 표현처럼 마치 '우리를 좋아하지 않을 준비가 되어 있는 계모(繼母) 같은' 곳이 일본이라고 자이니치들은 체험으로 느끼고 있다. 자이니치 개인의 능력을 함양하고 발휘할 기회란 극히 제한되어 있다. 창씨개명 이후 가지게 된 일본식 이름이나 현지인과 진배없는 일본어를 구사하더라도 그들은 유·

무형의 차별을 받는다. 그런 조건 속에서 '자이니치가 할 수 있는 일은 파친코 가게 운영 외에는 없다'는 단언(斷言)도 경계인에게 강제된 절규와도 같다. 물론, 파친코를 거대 기업화하는 것에 성공을 거두었던 한창우 같은 기업인도 없지는 않지만, 파친코 사업이라는 직종이 일본 사회 주변부에서 작동하고 있고, 그나마 대부분 영세한 규모다. 파친코는 경계인의 삶을 상징하는 단어가 되었다.

일본 연예계나 프로야구 같은 스포츠계에서 뛰어난 능력을 보이는 자이니치들도 많다. 한국인이 가진 훌륭한 예체능 DNA 능력으로 일부 설명이 되겠지만, 그것이 전부가 아니다. 흑인에 대한 인종차별이 극심했던 미국 사회에서 연예계나 스포츠계에 흑인 비율이 유난히 높은 이유가 그들의 뛰어난 신체적 조건에서 비롯된 결과만은 아니다. 엔터테인먼트나 스포츠 분야로의 진출이 인종차별을 이겨내는 거의 유일한 출구라는 인식이 흑인 사회에서 신념으로 자리잡게 되었다. 그것 외 다른 직업군으로의 원활한 진출이 구조적으로 봉쇄되어 있었던 사회적 조건이었다는 지적이다. 그런데 미국의 흑인 스타와 일본의 자이니치가 다른 점이 있다. 성공한 자이니치들은 한국 국적을 숨기는 일은 다반사고, 일본 국적으로 변경을 강요받는 경우가 허다하다. 자이니치가 3세 혹은 4세에 이르기까지 한국 국적(드문 경우지만 조선 국적)을 유지하려면 대단한 결심이 필요하다. 명성을 얻게 된 스타의 경우, 일본 국적으로 변경하라는 압박은 상상을 초월한다. 많은 경우, 한국 국적 유지와 직업 유지 중 하나를 선택해야하는 극단으로 몰린다. 이는 일본 사회에 존재하는 단일성 추구의 신화, 동조(同調)에 대한 미화, 그리고 다양성을 감내하기 힘들어하는 사회 정서와 맞물려 있다. 프로야구 해설가로 여전히 왕성한 활동을 보이는 장훈 선수 같은 사례는 아주 예외적 경우다. 한국인으로서 그가 가지려 애쓰는 자부심이나 민족주의 감성은 보통 한국인으로서 감히 상상하기 힘들다.

이지메(いじめ), 즉 집단 괴롭힘이 공공연한 곳이 일본 사회다. 동조압력을 뒤틀리게 표현하는 방식이다. 작가 이민진도 소설『파친코』를 처음 구상하기 시작했던 동기가 대학 시절 수업 시간에 자이니치 소년의 자살 사건을 들었을 때 느낀 충격 때문이었다고 고백한 적이 있다. 일본에서 태어난 자이니치가 일본 학교에 진학하기로 결심하면 경계인으로서 받아야 하는 차별이 본격 시작되는 지점이 된다. 특별영주권자임을 숨기고 싶어하고, 언어와 문화는 일부러라도 멀리하게 된다. 일부 의식 있는 부모들은 자녀들을 한국학교에 보내고 싶어한다. 그러나 일본

내 한국학교 수는 턱없이 부족하다. 자이니치에 대한 한국 정부의 교육적 관심은 거의 사각지대에 있다. 오히려 학교 숫자로는 조총련계가 관계되어있는 민족학교(조선학교) 수가 더 많다. 마음 굳게 먹은 자이니치 일부는 자식들에게 우리말이라도 배우게 하려고 민족학교로 보낸다는데, 냉전기의 후유증, 일본정치의 우경화 경향 때문에 이들 학교와 재학생, 졸업생에 대한 일본 사회의 차별은 점점 노골화되어 왔다. 한국 핏줄을 가진 해외동포들은 민족 정서 유지를 더 귀중하게 생각한다. 근본을 지켜내려는 마음이 종교처럼 굳건하다. 그런데 그것을 지탱할 수 있게 하는 메커니즘은 점차 부실해지고 있다.

그나마 파친코 사업이나 건설업, 부동산 사업 등에서 성공을 거둔 자이니치들은 자녀를 일본 내 국제학교에 보내거나 미국이나 유럽, 한국으로 유학을 보낸다. 소설 속 솔로몬도 미국 유학의 길을 택했다. 차별을 피하는 방법으로 선택하는 길이다. 나의 고등학교 친구 중 한 명도 코베(神戸)에서 미국학교를 졸업한 후 중학교 때 부산으로 유학을 왔다. 대학까지 한국에서 마친 후 일본으로 되돌아갔다. 늘 자신감에 차 있었다. 지금 생각해보니 일부러라도 자신감을 드러내는 것을 일종의 자기 생존법이라고 생각했던 것처럼 보인다. 그렇게라도 당당해야 일본에게 지지 않게 된다고 믿는 것 같았다. 그는 스스로 별류(別類)의 자이니치라고 간주하고 있었다. 생존의 방법은 다양할 수 있으나 경계인 자각은 동일하다.

나의 제자 중에도 자이니치가 있다. 요코하마(橫浜)에서 국제학교를 졸업한 후 대학 입학을 위해 한국으로 유학을 왔다. 한국어를 기초부터 공부하며 4년간을 버텨냈고, 기어이 우수한 성적으로 졸업했다. 그리고는 미국 하버드대학으로 유학을 떠났다. 늘 상냥하게 미소를 짓는 학생이었으나, 어떤 도전이라도 극복하겠다는 의지는 나이답지 않게 의젓해 보였다. 그녀처럼 자이니치의 젊은 세대들이 차별의 경계를 뛰어넘어 넓은 세계를 마주하며 큰 이상을 추구하겠다는 의지를 키우게 되면 경계인의 정체성을 자기 승리로 승화시키는 시대가 올 것이다.

시인 함민복은 '모든 경계에는 꽃이 핀다'고 했다. 경계에 피는 꽃은 아름다운 꽃도 있고 애절한 빛깔을 품어내는 꽃도 있다. 자이니치가 피워내는 경계 위의 꽃은 20세기 동아시아가 남긴 가장 아픈 꽃들이다. 그러나 꽃을 피워올리고 만개(滿開)시키려고 분투한다면 마침내 편견과 차별이라는 굵었던 경계선들이 가려질 것이다. 자이니치의 꽃들이 더 풍성하게 피어야 국가와 국

가 사이에, 사람과 사람 사이에 그어진 경계선들이 마침내 꽃의

그늘 밑으로 숨어들게 될 것이다.

속죄와 화해

1970년대 초 이래 여전히 현역으로 활약 중인 일본 싱어송라이터 중에 사다 마사시(さだまさし)가 있다. 데뷔 이래 4,500회에 가깝게 콘서트를 정열적으로 열고 있는 가수다. 사랑, 인연, 이별, 가족 등 다양한 주제를 노랫말로 다루었는데, 재치 있으면서도 마음을 울리는 가사 표현이 주목받곤 했다. 그의 작품 중에 속죄(償い; 쯔구나이)라는 제목의 노래가 있다.

노래의 가사 내용은 이러하다.

사연을 들려주는 노래 속 화자(話者)의 직장 동료 중 수년 전 불의의 교통사고를 냈던 한 사람이 있다. 사고 이후 그 사람은 사망자 미망인에게 매달 월급의 전부를 보내고 있었다. 그러던 어느 날 그는 흐느끼며 자신(話者)에게 달려왔다. 한 통의 편지를 들고서. 돈을 보내기 시작한 지 7년 만에 처음으로 그 미망인으로부터 답장이 온 것이었다. 그 편지에는 "감사합니다. 당신의 선한 마음씨를 너무 잘 알았습니다. 그러니 이제 송금은 그만해 주십시오. 당신의 글씨를 볼 때마다 남편 생각이 나서 힘이 듭니다. 당신의 마음을 알겠습니다만, 이제 부디 당신 자신의 인생을 이전처럼 회복하시길 바랍니다." 용서받을 수 없다고 생각하고 있던 차에 미망인으로부터 온 편지가 너무도 고마워서 주인공이 흐느껴 울며 달려왔던 것이다. 그러자 오히려 화자(話者)가 외친다. "하느님 감사합니다. 그가 용서받았다고 생각해도 될까요. 다음 달에도 송금할 것이 뻔한 그 착한 사람을 용서해 주셔서 감사합니다."

1982년 발표된 이 노래가 다시 화제가 되었던 것은 2002년이었다. 2001년 상해치사죄로 기소되어 재판을 받게 된 두 청년이 있었다. 재판과정에서 그들은 반성의 말을 하긴 했으나 피해자가 먼저 싸움을 거는 바람에 정당방위로 폭력을 행사했다는 등 진솔한 반성의 빛을 보이지 않았다. 동경지방재판소 재판장은 판결문에서 이렇게 말했다. "두 피고인은 사다 마사시의 '償い(쯔구나이)'라는 노래 가사를 읽은 적이 있습니까? 이 노래의 가사를 읽어봤다면 당신들의 반성과 변명이 왜 사람의 마음을

움직이지 못하는지 알 수 있을 것입니다." 사람의 마음을 움직이지 못하는 반성이나 사죄는 형식에 그치고 만다는 뜻이다.

그 판결문이 세간의 화제가 되자 사다 마사시는 "법률로써 마음을 재판하는 것에는 한계가 있다. 이 기회를 빌려 재판의 실형 판결로 결론을 낼 것이 아니라 사람의 마음으로부터 반성을 촉구해야 하지 않을까."라고 언급했다고 알려졌다. 제도적 장치(법률)의 한계, 사람의 마음으로부터의 반성, 그리고 그 마음을 이행하는 과정으로서 속죄의 절차를 다시 진지하게 생각하게 된다. 죄의 경중을 떠나 어떤 경우라도 속죄에는 가해자의 진심이 담겨야 용서가 가능하다. 그것이 물질적 배상으로 나타나는 것은 형식의 문제일 뿐이다. 마음의 문제이고, 진심의 문제다. 그 노래 가사에서 보듯, 송금했던 금액 총량이 용서를 결정하지는 않는다. 사람과 사람의 관계도 그렇고, 국가 간 관계도 마찬가지다. 화해(reconciliation)는 그런 단계를 거치면서 가능한 해법을 찾게 된다.

국제정치에서 화해는 참으로 어려운 정치적 과정이다. 전쟁을 치른 후 평화조약을 맺고 전쟁 배상을 통해 화해하는 방식도 있고, 경제원조를 제공함으로써 화해의 방식을 찾기도 한다. 그

러나 국제정치 영역에서는 가해자-피해자 관계를 인식하는 과정
부터가 난관이다. 2차대전 이후 독일이 주변국들에게 취했던 화
해의 노력이 오히려 예외적 사례에 속한다. 특히 식민지 지배를
통해 물질적, 정신적 피해를 주었던 국가들은 가해 의식을 가지
지 않으려는 경향이 있다. 되레 식민지 사람들에게 은혜를 베풀
었다고 간주하는 경향도 없지 않다. 그러나 그런 화해의 노력이
아예 불가능한 것은 아니다. 2차대전 후 독일-프랑스 관계처럼
인식적 화해를 시도했던 것도 국제정치 역사에서 중요한 상징적
의미를 가진다. 인류 문명사의 긴 안목으로 보면 국제정치의 화
해는 이제 막 시작하는 단계일 것이다.

화해가 곧 용서는 아니다. 화해는 성찰에 바탕을 둔 정치적,
인식적 과정이다. 화해는 가해자의 가해 행위를 상기(想起)하고
확인하는 것부터 시작된다. 화해는 피해자가 가해자에 대해 용서
하려는 결심에 이르러 완성되는 것이지만, 그것에 이르는 과정에
는 가해자의 '속죄'하려는 마음과 행동이 함께 표현되어야 한다.
모든 속죄가 다 배상을 전제로 하는 것이 아닌 것은 물론이다.

한일 역사 갈등에서 사과의 '진정성'을 요구해 왔던 한국의
입장에서는 일본 측이 마음으로부터 '속죄'하려는 태도를 보여야

한다고 믿어 왔다. 돌이켜보면 고노 담화(1993), 무라야마 담화 (1995), 김대중-오부치 선언(1998), 간 담화(2010) 등 조금씩 사과 표현의 진전이 있었던 것도 사실이다. 그러나 담화 발표가 무색하게 시도 때도 없이 일본 측 망언들이 터져 나왔던 것을 보면서 일본이 과연 진정한 속죄의 의도가 있는지 의심하지 않을 수 없게 된다. 이런 상황에서 일본 측의 '사과 피로' 운운은 부적절할뿐더러 진정성을 의심받기에 딱 좋다.

지난 백여 년 불행을 경험했던 한국과 일본은 아직 제대로 된 역사 화해의 방법을 찾지 못하고 있다. 한쪽은 진심 어린 반성을 촉구하고, 다른 한편은 정부 간 협의로 해결하려 했다. 역사 반성과 화해에 관한 인식 차이에서 비롯된 것이다. 가해자가 가해의식을 갖지 않고 오히려 도움을 줬다고 생각하고 있다. 게다가역사 문제가 외교 현안이 될 때마다 본질적 해결이 아니라 봉합으로 위기를 넘기려는 태도를 보여 왔다. 국가와 국가의 화해 과정에서 정부의 역할에는 한계가 있을 수밖에 없다. 분노와 슬픔을 협의나 협약으로 어찌한단 말인가. 사람의 기억과 마음을 정부끼리 협의의 대상으로 삼을 수 있겠는가. 더 이상 역사의 슬픔을 기억하지 말라며 정부끼리 합의하기는 불가능하다. 정부 간합의의 불완전성을 민간 차원에서 지적하고 문제를 제기하고 있는 것이 지금 한일관계의 역사 문제다. 핵심은 사람의 문제, 생명이라는 보편적 문제이기 때문이다. 더욱이 한일 양국 정부는 외교적 해법에 관한 프레임의 차이도 보여왔다. 즉 정의(justice frame)의 관점이냐, 합의와 약속(legality frame)의 관점을 중시하느냐의 문화 차이이기도 하다. 그러나 더 본질적 문제는 가해자로서의 정체성이 일본 사회에서 점차 옅어져 왔기 때문이다.

한일관계에도 1965년 체제를 넘어 새로운 미래 구상이 필요하다. 이사 갈 수 없는 운명의 이웃 나라 아닌가. 그러기 위해서는 지난 역사를 다시 되돌아보지 않으면 안 된다. 지난 역사 속에서 정부의, 혹은 정치가들의 어떤 정치적 결정들이 양국관계를 그렇게 불행하게 만들었는지 진지하게 되돌아봐야 한다. 되풀이하지 않겠다는 결심도 필요하다. 그래야 화해를 향한 길을 찾는 것이 가능하다. 역사화해는 새로운 미래를 위한 조건이기 때문이다. 일본 재판장이 피고인들에게 물었던 그 질문을 다시 생각한다. '사과 피로감' 운운하며 역사 문제를 제대로 생각하지 않으려는 일본의 책임 있는 정치인들에게 그 질문을 들려주어야 한다. "사다 마사시의 속죄(償い; 쯔구나이)라는 노래 가사를 읽은 적이 있는가?"

같은 제목으로 산문집 『풍경을 담다』(오래, 2020)에 실었던 글을 고쳐 썼다.

생각의 최전선

영화 '기생충', 일본어 제목은 누가 붙였을까?

.

글을 쓸 때 어려운 일의 하나는 제목 붙이기다. 논문이나 에세이, 노래도 마찬가지다. 뭔가 함축적으로 글 전체의 내용을 대의(代意)해야 하고, 상큼하면서도 때로는 독자들의 시선을 끌어당기는 매력도 있어야 한다. 딱딱한 사회과학적 주제를 다루고 있으면서도 제목은 뭔가 간결하면서도 함축적이고 은유적인 제목으로 붙여진 정치학 도서들도 많다. *"Who Governs?"* *"Thinking in Time"* *"After Hegemony"* *"House of War"* *"Bridging the Gap"* 등이 여기에 해당된다.

논문을 지도할 때도 제목 붙이는 작업을 강조하고 중시하곤 했다. 제목에 전체 글 내용이 함축되어 드러나 있어야 한다고 강조하기도 하지만, 때론 뭔가 상징적이면서 섹시한 제목을 권유

할 때도 있다. 그렇다고 나 자신이 나의 글에 붙이는 제목들이 다 성공적이었는지 결코 단언하기 힘들다. 몇몇은 '분명' 실패했음을 나는 안다. 이 짧은 에세이의 제목이 적절한지도 나는 여전히 자신이 없다.

2020년, 봉준호 감독의 영화, '기생충'이 세계적 화제였다. 그가 이루었던 업적은 가히 기념비적이었다. 상의 개수나 오스카 작품상을 수상했다는 사실만으로 기념비적이라고 평가한다는 뜻은 아니다. 미국영화, 유럽영화, 아시아 영화 등 국가나 지역 중심으로 영화를 정의하고 구분하는 시대가 지나고 있음을 그는 선언하고 있었다. 지구촌 시대의 도래를 그는 영화라는 언어로 표현하려 했다. 그가 다룬 주제도 한국적 문제만은 아니다. 자본주의 양식에서 필연적으로 제기되는 빈부격차, 그로 인한 양극화 사회의 심화 현상은 세계적 문제다. 지금 시대의 이런 문제를 함께 직시하자고 그는 권유한다.

'기생충'이란 제목의 의미에 대해 영화를 두 번 보고서야 무릎을 쳤다. 기생충(parasite)의 라틴어 어원은 *parasitus*, 그리스어 어원으로는 *parasitos* 다. 단어의 어원이 갖는 의미는 '남의 식탁에서 음식을 먹는 사람'(person who eats at the table of another)이라는 뜻이다. *para*는 '옆에서'라는 의미이고, *sitos*(*situs*)는 '먹는 행위'(feeding)다. 그래서 parasite라는 단어에는 '손님'이라는 해석도 함께 올라 있다. 이 영화에서도 식탁 장면이 여러 번 나온다. 그런데 박 사장 집의 식탁에 놓인 의자가 몇 개인지 유심히 세어보라. 그 의자 수가 영화 줄거리 전개에 따라 변하고 있다는 사실도 흥미롭고 그 섬세한 장치가 심오하다. 누군가에게 '기생'한다는 것은 '함께 밥을 먹는' 공생관계가 존재한다는 것을 의미한다. 숙주는 박 사장 가족이고, 기생하는 일은 기태네 가족이다. 이 영화에서는 원조 기생충도 있고, 후발 기생충도 있다. 불편하고 불균등한 의존성이 '기생충'의 본질적 의미다.

영화 '기생충'의 일본어 제목은 '파라사이토(パラサイト), 반(半)지하의 가족'이었다. 제목의 뒷부분을 누가 붙였는지 참 의아하다. 이 영화가 '반지하'에 사는 기태 가족의 스토리인 것은 틀리지 않으나, 엉뚱한 프레이밍 효과를 가져왔다. 프레이밍(framing)은 '해석의 설계'다. 어떤 문제나 현상에 대해 접근하는 인식 통로를 정해버리는 것이다. 신문의 헤드라인 정하기가 프레이밍의 대표적 사례다. 특정 단어의 선택을 통해 독자와 관객의 해석을 설계하려는 경우다. 보통 사람의 경우, (의도적이건 의도적이지 않건) 그 인식 통로를 통해 문제를 바라보게 되고 해석하게 된다.

신문을 읽지 않고 '보는' 경우 프레이밍 효과가 더 크다. '기생충'은 기생충이 존립하는 숙주, 즉 박 사장 가족이라는 부유층과 '함께' 묘사되어야 비로소 '기생'의 진정한 의미가 있다. 그래야 '불균등한 의존성'이라는 '관계'가 확연히 드러난다. 그런데 '반지하의 가족'이라고 제목을 붙이게 되면 가난한 가족의 분투기라는 해석의 통로로 빨려 들어가게 된다.

염려했던 대로, '기생충'의 오스카 수상 이후 일본 공중파 일부에서 한국 사회 내 반지하 생활을 '밀착취재'했다고 한다. 그 보도를 보면서 실소를 금치 못했다. 보도 의도야 있었을 것이다. 다만, 일본어 제목의 프레이밍대로 접근했다는 것은 부인하기 어렵다. 일본의 시청자들은 첫 통로(제목)의 또 다른 통로(밀착취재)를 따라 한국 사회의 무엇인가를 인식하게 될 것이다. 하류층의 분투기가 이 영화의 주제로 치환되어 버리면, 봉 감독이 가졌던 문제의식이 그들에게 과연 제대로 전달되었을까 슬며시 걱정되었다. 손가락으로 가르키며 달을 보라고 외쳤는데, 누군가 '어~ 손톱 밑에 때가 끼었네'라고 지적하는 것과 같다. 영화 '기생충'의 일본어 제목, 누가 정했는지 참으로 궁금하다.

뮌헨 신드롬과 신냉전

인간의 능력은 완전하지 않다. 여러 가지 점에서 불완전하다. 지적 능력은 말할 것도 없거니와, 사물과 현상을 인지하는 능력도 불완전하고 판단과 결정 과정에서도 마찬가지다. 그러다 보니 복잡하게 얽혀 있는 현실과 마주할 때, 이를 간단한 방식으로 처리하고 싶은 인지 경향이 생긴다. 소위 지름길을 택하려는 것이다. 이를테면 유사하다고 판단되는 여러 사안을 하나로 묶어서 판단하려는 도식화(schema) 방법을 선택하기도 하고, '간편 추론' 혹은 '어림짐작법'(heuristics)이라는 이름의 방식을 활용하기도 한다. '간편 추론' 방식은 인간의 인지적 한계 범위 안에서만 다룰 수 있도록 사안을 축소해 바라보려는 것이다. 세밀하고 합리적으로 고민한다기보다 대충 처리하는 방식을 선호한다는 의미다. 그런 방식을 통해 간편하게 해결책을 찾으려 한다. 이런 일은 모두 인간의 '제한적 합리성'(bounded rationality)에서 비롯되는 문제들이다.

　기억의 재생 방식도 이와 크게 다르지 않다. 기억 저장 방식도 불완전한데다, 그 기억을 온전히 재생(recall)하기는 더 어렵다. 완벽하게 기억하고 온전히 재생한다면 얼마나 좋으랴. 그러면 과거의 실패를 되풀이하는 따위의 일은 없을 터이다. 그러나 현실은 그렇지 않다. 인간도 국가도 다 불완전하다. 간혹, 지나간 역사 속에서 유사한 패턴을 찾아 사례들을 하나로 묶어 인식하거나, 또는 역사적 교훈을 찾는답시고 과거 사례를 현실에 적용해서 해법을 강구하는 방식을 취하기도 한다. 이 역시 불완전한 기억 재생 방식과 무관하지 않다. 역사적 교훈이 과용(過用)되거나 엉뚱한 방향으로 확장될 수도 있다. 깊이 생각하지 않고 불완전한 기억에만 의존하면 합리적 사고에서 점점 멀어진다. '기억 재생이 사유(reasoning)를 대신하면 오류가 생길 수 있다'는 말에 인간 인식체계의 불완전성이 함축되어 있다.

역사적 교훈을 상기하는 방식

Analogy라는 단어가 있다. 유사한 상황을 묶어 비유한다는 의미에서 '유비(類比)'라고 정의할 수 있고, 혹은 '유추(類推)', '기억 연상', '추론(推論)'이라고 부를 수도 있다. 현실의 불확실성과 모호함을 피하려고 작동시키는 인식 메커니즘 중의 하나다. 도식화나 간편 추론의 인지 방식과 같은 맥락이다. 역사 속에서 유사한 상황을 찾아 기억을 재구성하면서 과거 정책 결과에 대한 판단까지도 현실 영역으로 끌어오는 것이다. 이 역시 인지 과정에 발생하는 '지름길'의 하나다.

이런 방식이다. 과거에 일어난 사건 ①은 X라는 특징과 Y라는 특징을 가지고 있다. 지금 마주하고 있는 사건 ②에도 X라는 특징이 있다. 그런 상황에서 X라는 특징을 공유하고 있는 사건 ①을 소환하고 재생하여 사건 ②를 재구성하려고 한다. 지름길을 택하려는 경향 때문이다. 그런데 이렇게 접근하면 사건 ①의 Y라는 특징도 사건 ②에 포함된 것으로 '추론'하는 경향이 생긴다. 사실, 엄밀히 따지자면 사건 ①과 사건 ②는 별개의 사건일 수 있다. 그러나 기억 연상 작용을 통해 접근하면 사건 ②에는 사건 ①의 특징 X는 물론, Y도 있을 것으로 결론 내린다. 실제로는 사건 ②에는 특징 Y가 아니라 Z가 있는데도 말이다. 사건 ②를 마주하면서 사건 ①의 해법, 성과, 그리고 교훈 속으로 빨려 들어가게 된다. 단순한 전제를 통해 단순한 방식으로 결론에 도달하고 싶은 인지과정 때문이다.

외교 영역에서 가장 많이 소환되어 역사적 교훈이라는 이름으로 활용되었던 사례가 있다면 아마 뮌헨협정(Munich Agreement)일 것이다. 1938년 9월, 독일, 영국, 프랑스, 이탈리아 정상들이 뮌헨에 모여 협정을 체결했다. 1930년대 중반, 히틀러의 나치 독일은 유럽 팽창을 시작했는데, 오스트리아 합병에 이어 체코슬로바키아의 주데텐란트(Sudetenland) 지역에 대한 합병을 추진했다. 신생국 체코슬로바키아의 주데텐란트 주민들이 독일어를 사용하는 게르만 민족이라는 이유였다. 이런 무모한 요구에 대해 영국과 프랑스가 선택했던 것은 합병의 승인이었다. 즉 나치 독일의 강경 정책에 유화정책(appeasement)으로 대응한 결과가 뮌헨협정이었다. 당시 영국의 챔벌린(Arthur Neville Chamberlain) 수상은 "더 큰 전쟁을 막고 평화를 지키기 위해 뮌헨협정이 필요했었다."고 강변했다. 그러나 당시 영국 국내 정치 영역에서 이에 대한 해석과 판단을 달리 했던 세력들도 있었다. 처칠(Winston Churchill)은 챔벌린의 유화정책을 반대했던 대표적 인물이었는데, 챔벌린의 대응방식이 비겁했을 뿐 아니라 결국 그 이듬해 독일의 폴란드 침공으로 시작된 2차대전의 빌미를 주었다고 비판했다. 이런 역사적 과정이 남긴 인식과 해석, 즉 유화정책의 실패라는 해석 때문에 후대의 정책결정자들은 뮌헨협정의 교훈을 자주 소환하고 재생해 왔다.

역사 속 사건 하나가 후대에 이르기까지 소환되고 재생되어 정책에 영향을 미친다는 의미로 이것을 '증후군' 혹은 '신드롬'(syndrome)이라고 부르기도 한다. '뮌헨 신드롬'은 유화정책의 실패, 더 나아가 강경한 초기 대응 정책의 정당한 논리로 작동했다. "적에게 1인치를 양보하면, 적은 1마일을 밀고 들어올 것이다."라는 표현에 강경한 대응을 촉구하는 논리가 적나라하게 드러나 있다. 국제적 위기 상황에서 강경하고 단호한 초기 대응책을 서둘러 결정했던 배경마다 뮌헨협정이 있었다. 마치 유령처럼 나타나곤 했던 신드롬이었다. 1950년 6월, 북한의 남침 소식을 듣고 트루먼(Harry S Truman) 대통령이 떠올렸던 것도 나치 독일과 뮌헨이었다. 공산 침략을 초기에 응징해야 한다는 방침은 서둘러 결정되었다. 인도차이나반도가 공산화되면 동남아 전체가 순식간에 공산화될 것이기 때문에 베트남에서 공산 세력 확산을 초기에 방지해야 하고, 그래서 군사적 개입이 불가피하다고 판단했던 소위 '도미노 이론'도 뮌헨 신드롬과 깊은 관련이 있다. 탈냉전 초기, 이라크가 쿠웨이트를 침공했다. 지역분쟁을 안정적으로 관리하는 역할을 자임했던 미국은 자신의 대외 신뢰도에 중대한 도전을 받고 있다고 판단했다. 부시(George H. W. Bush) 대통령이 걸프전 참전을 전격적으로 결정했던 것도 뮌헨 신드롬과 무관하지 않다. 2022년, 우크라이나 위기를 러시아의 확장 징조로 간주하여 강경한 대응을 모색하려 했던 사람들도 어김없이 뮌헨협정을 소환하였다.

Appeasement Policy, Revisited

뮌헨협정 이후 국제정치 위기 상황마다 선제강경론의 기억 재생이 반복되었다. 그러한 결정들이 국제정치 역사의 많은 부분을 만들어 왔다. 선제적 강경책은 성공도 있었고 실패도 있었다. 반면, 유화정책은 무용하고 나약하며 순진하기까지 한 전략 옵션으로 간주되었다. 그리 보면 처칠의 논변이 후대 국제정치 역사를 조형한 것이나 다름없다. 그러나 이론적으로 볼 때, 선제 강경론은 강대강(强對强)의 논리를 낳고 갈등을 더 증폭시키도록 되어 있다. 갈등 당사자들이 강대강 구도에 빠지면 마지막 순간까지 어느 한 편도 강경책의 늪에서 빠져나오기 힘들게 되어 있다. 출구 없는 갈등 증폭의 구도, 위기 재생산의 메커니즘 속에 뮌헨 증후군이 작동해 왔다. 굴복에 대한 두려움 때문에 더 강경해지려는 것이다. 의연한 대응 태세, 결연한 의지를 보이는 것 까지는 나쁘지 않겠으나, 갈등을 약화시킬 수 있는 방법도 동시에 강구하지 않으면 뮌헨협정은 위기만 증폭시키는 신드롬이 된다.

이러한 점에 주목하자고 제안했던 전략가는 알렉산더 조지 (Alexander George)였다. 그의 전략서에는 뮌헨협정 이후 외교 영역에서 일종의 금기어로 간주되어 왔던 유화정책을 전략구상 리스트에 다시 포함시켜 보자고 요청한다. 유화정책은 국가 간 존재하는 갈등과 의견 불일치의 본질적 원인을 체계적으로 제거하여 긴장을 감소시키는 전략이라고 설명한다. 조지는 유화정책이 데탕트, 관계개선(rapprochement) 등의 전략과 더불어 갈등회피 전략으로서 의미를 가지고 있다는 것이다. (*Bridging the Gap: Theory and Practice in Foreign Policy*, 1993)

유화정책을 금기시하며 봉인해 둔 지역으로 한반도가 있다. 외교와 대화를 통한 해법으로 전환을 시도할 때마다 이에 반대하는 세력들이 자주 재생시켜 왔던 것도 뮌헨협정이다. 유화정책은 해법이 될 수 없고, 오히려 북한에 동조하는 정책이라고 비판해 왔다. 경계심과 두려움, 기어코 무릎을 꿇게 만들겠다는 분기탱천 심리가 지배하는 전략 사고다. 선제타격론 같은 생각도 그런 배경에서 나온다. 마치 연쇄반응(chain reaction)처럼 북한도 '강대강' 논리를 전가의 보도(寶刀)처럼 내세운다. 그런 생각들을 서로 주고받으면서 대립 질서를 강화해왔다. 한반도에서 전쟁을 70년 이상 지속시키고 있는 이유도 이와 무관하지 않다. 강경한 대응 논리만이 유일한 방법이라고 우리 스스로 최면을 걸어왔던 것은 아닐까? 뮌헨 증후군이 유령처럼 우리 머릿속을 지배하고 있는 것은 아닐까? 이럴 때 간디의 명언을 떠올리게 된다. "'눈에는 눈'이라는 원칙만 설치게 되면 이 세상 모든 사람이 다 장님이 되어버릴 것이다." 전략의 부재, 전략적 전환의 어려움은 뮌헨협정의 기억 재생 방식과 결코 무관하지 않다. 한반도에는 뮌헨의 그림자가 여전히 짙게 드리워져 있다.

신냉전? 혹은 세력경쟁?

　기억 연상과 관련된 또 다른 사례가 있다. 탈냉전기 미중관계를 묘사할 때 등장하는 '신냉전'이라는 단어다. 두 강대국이 경쟁하면서 대립 의지를 불태우고 있는 것은 주지의 사실이다. 20세기 중반과 비교하면 미국의 힘은 상대적으로 쇠퇴했고 중국의 부상 속도는 예상했던 것보다 빨랐다. 역사 속 많은 강대국들이 그러했듯이 미국과 중국은 세계정치의 권력과 지배권을 두고 경합하고 있다. 어떤 사람들은 2,400년 전 아테네와 스파르타 간의 전쟁 역사를 소환하여 '투키디데스의 함정'과 비유하기도 한다. (그레이엄 앨리슨 Graham Allison, 『예정된 전쟁』 *Destined for War*, 2017) 혹자는 '신냉전'이라고 부르고 싶어 한다. 역사 속의 어떤 사례를 소환하여 적용해 볼 것인가에 따라 미중 경쟁을 바라보는 프레임이 달라진다는 점에 유의할 필요가 있다. 보통 사람들은 그 프레임 속으로 쉽게 빨려 들어간다.

미중 경쟁은 다양한 영역의 경쟁이다. 세력전이에 따른 힘의 경쟁이기도 하고, 경제적 이익(공급망 경쟁)을 두고 벌어지는 경쟁이기도 하다. 정치체제 경쟁, 이념과 가치 간의 대결이라고 '해석'하고 '규정'하는 경향도 생긴다. 이념과 체제경쟁, 즉 민주주의와 권위주의 간의 대결이라고 규정하는 것은 대개 정치적 문법이 숨겨진 프레임이다. 정치인들이 정치적 목적을 위해 그런 방식의 프레임을 강조한다. 이라크나 아프가니스탄으로 파병

된 미국의 어린 군인들이 '중동의 민주주의를 위해 싸우러 왔다'
고 되뇌이는 경우가 그런 정치 프레임이 작동했던 경우다.

중국과의 대결국면이 선명해지면서 미국의 일부 정치인들은
미중 경쟁을 '신냉전'이라고 규정해 왔다. 1950~60년대 소련과
치렀던 체제경쟁의 기억을 소환하려는 것이다. 이것도 일종의
유비(analogy) 현상이다. '냉전'이라는 단어를 통해 오늘날 미중
경쟁을 이념과 가치 경쟁이라는 해석으로 유도하는 통로가 만들
어지는 것이다. 외교적으로는 결사(진영화)의 의도가 있고, 국내
적으로는 정치적 지지를 '다시' 결집하려는 의도도 있을 것이다.
냉전에서 승리를 거둔 측은 미국이었다는 사실을 암시하면서 중
국에 대한 강경 전략에 정당성을 부여하려는 의도도 없지 않다.

미국과 중국이 세계 지배권을 놓고 경합한다는 점은 냉전기
미소관계와 흡사하다. 그러나 다른 점은 경제적 양식이다. 미국
과 소련은 각각 자본주의와 사회주의 경제권이라는 다른 경제
양식 속에 속해 있었다. 그래서 체제경쟁의 성격이 있었다. 그런
데 미중 관계는 동일한 자본주의 권역 내부의 경쟁이다. 그래서
미중 간 경제적 상호의존관계는 이전 미소 간 경제적 관계와는
매우 다른 성격이다. 1970년대 미중 화해 이후 중국을 세계 자

본주의 체제 내로 편입시켰던 것도 미국의 결정이었다. 미국식 표현으로는 중국을 봉쇄한 것이 아니라 관여(engage)했던 것이다. 그 결과 중국의 성장도 가능해졌다. 미국은 시장과 공장 역할로서의 중국이 필요했다. 중국 경제가 성장하면서 양국 간 상호의존도는 매우 높아졌다. 그래서 저렇게 싸우고 있어도 완전한 탈동조화(decoupling)는 어렵다고 전문가들은 지적한다. 정치적으로 서로 비난하는 동안에도 양국의 자본가들은 서로의 시장에 투자하고 이익을 확대하려 하고 있다.

미중 대결을 '신냉전'이라고 규정하고, 그 대결 방식이나 진영화가 가치와 이념 중심으로 진행된다고 단순하게 해석하면 심리적 친소(親疏)관계나 결사의 결심이 감정적 수준에서는 쉽게 형성된다. 자유민주주의는 일종의 신화처럼 작동한다. 그러니 마치 '좋은 나라 vs. 나쁜 나라'를 구분하여 선택하는 식이 된다. 그러나 전략구상 차원에서는 다소 난감한 문제가 생길 수 있다. 특히 양국 사이에 전략적으로 '낀' 국가들일수록 그럴 가능성이 높아진다. 우리를 비롯한 유럽의 몇몇 국가들이 그러하다. 정치적 문법으로는 자유민주주의 진영화에 동참하는 것이 맞다고 보이지만, 국경과 이념을 넘어서서 이익을 좇아야 하는 자본의 입장은 반드시 그렇지 않다. 자본은 국경 따위는 가볍게 넘어서는 동력을 유지해왔다. 국경은 국가들이 정치적으로 결정한 선(線)이고, 자본은 그 선을 넘어서서 더 큰 규모의 시장으로 확장되고 싶은 동력이 있다. 자본이 가지는 월경성(越境性)의 속성이다. 근대 이래로 그런 방식이었다. '이념은 한시적이지만 시장은 영원하다'는 말도 있다. 정치와 시장 사이, 국가와 자본 사이의 이익이 반드시 동일하지는 않다는 이야기다.

글로벌 초(超)대기업들은 주권 중심의 지구 거버넌스에도 도전장을 던지고 있다. 더 많은 이익을 추구하기 위해서 국가 수준에서 유지하고 있는 다양한 제한들을 해제해 주기를 요구하고 있다. 시장중심적 지구 거버넌스라는 말도 그런 배경에서 등장했다. 따라서 미중 경쟁을 '신냉전'이라고 규정하는 정치적 해석에 개의치 않으면서 시장 논리대로 판단할 수도 있다. 그런데 그 과정에서 경영상 리스크가 생길까 고민한다. 정치적 결사와 진영화 경향을 지켜보면서 혹시 일시적 불이익을 받지 않을까 염려하면서 자본가들은 곤혹스러워하는 것이다. 따라서 국가로서는 자본이 움직일 수 있는 공간도 고려해야 하는데, 이런 고민 자체가 정치적 문법으로 프레임된 '신냉전'이라는 단어가 던진 고민이다. 역사 기억의 프레임으로부터 해석과 기동이 자유로워지기 위해서는 '신냉전'이라는 단어가 주는 제한적 시야를 우선

벗어나 보는 것도 중요하다. 누군가 그렇게 불렀다고 우리조차 꼭 같이 따라 불러 그 인식 프레임 속에 갇혀야 할 이유는 어디에도 없다.

정치를 통해 세상을 바꾸겠다면

변화와 지속성

과거는 어떻게 미래로 연결될까? 그 연결방식의 하나로 생각해 볼 수 있는 주제가 '변화와 지속성'(change and consistency)이다. 상반된 의미를 지닌 이 두 단어의 결합과 대비는 여러 의미를 함축한다. 개인사 일상의 영역에도, 그리고 그 일상들이 켜켜이 쌓여 만들어진 사회와 국가의 '역사' 속에도 '변화와 지속성'은 어느 지점에서나 작동하는 동력이다. 서로 충돌하고 경합한다.

국가든 개인이든 매번 뭔가를 결정해야 할 상황에 이르면 어제와는 다른 '새로운' 상황과 대면해야 한다. 시간이란 늘 새로운 미지를 향해 진행되고 있기 때문이다. 그렇다면 그런 조건 속에

생각의 최전선

서 만들어 내는 '결정'들은 항상 '변화'의 속성을 반영하고 드러내야 맞다. 그런데 개인과 국가들이 만들어 낸 결정들을 살펴보면 과거로부터 면면히 유지되어 오는 뭔가가 있다. '지속적'인 특징들이 포착된다는 의미다. 변해야 한다는 의지, 변하지 말아야한다는 결의는 그래서 늘 서로 칼을 겨누듯 다툰다.

간혹, 변화와 지속성의 대립적 논제는 현실주의와 이상주의의 대립과 겹쳐 보이기도 한다. '있는 그대로'(as it is)를 봐야 한다는 것이 현실주의라면, '이래야 한다'(it should be)는 당위론의 시선으로 현상을 보려는 것이 이상주의다. 이름이 무엇으로 붙여지건 이 두 가지 동력은 늘 치열하게 경합해 왔다. 프로스트(Robert Frost)의 시구를 빌려 말하자면, 사람들이 '많이 가 봤던 길'과 '덜 간 길'의 구분이기도 하다. '변화'는 사람이 덜 간 길을 선택함으로써 만들어지는 것이라 그는 말한다. "숲속에 길이 두 갈래 뻗어 있었다. 나는 사람이 덜 간 길을 택했다. 그것이 모든 변화를 만들었다."(Two roads diverged in a wood, and I, / I took the one less traveled by, / And that has made all the difference.)

지속성은 '머물고자 하는 욕구'에서 비롯된다. 반면, 변화란 '나아가고자 하는 욕구'에서 나온다. 지속성의 동력은 뭔가 안정되고 안전하기를 원하는 심리다. 그 이면에는 미래의 불확실성에 대한 두려움이 작동하고 있고, 이것에 더하여 관성, 매너리즘, 나태함도 숨어있다. 좀 더 헤집고 들어가면 지속성 담론을 선호하고 발신하는 층에게는 기존 질서로부터 확보해 왔던 이익도 있기 마련이다. 그 셈법에 따라 인식의 경로가 과거로부터 종속된다. 반면, 변화의 동력은 현존하는 모순에서 탈피하고 싶은 욕구에서 나온다. 모순이란 '불편함'이다. 그래서 현실이라는 이름의 현상 유지(status quo)로 귀결되는 것을 거부하려는 속성을 가진다. 희망과 기대라는 단어 속에 현상 타개의 욕구를 심어둔다.

변화를 위한 결정과 동력

그런데 변화는 어떤 과정을 통해 가능해질까? 모순으로 현실이 불편하고 그래서 변화하겠다고 결심만 서면 변화가 가능해질까? 개인사의 영역에서는 그럴지도 모른다. '세상을 바꾸는 것보다 내가 나를 바꾸는 편이 더 쉽다'라고 결론 내리기도 한다. 그러나 국가라는 정치적 조직에서는 개인 영역만큼 간단하지 않다. 역사라는 강(江)의 어떤 지점을 잘라서 그 단면을 보면 복잡하기 이를 데 없을 것이다. 정치, 경제, 사회, 문화, 사상, 과학

생각의 최전선

등 다양한 분야들이 촘촘하게 서로 얽혀 강의 단면을 구성하고 있다. 그 다양한 분야들은 상호 작용하며 서로 영향을 미친다. 각 영역에서 지속성 동력이 드러나고 변화의 욕구들과 충돌하는 것이다.

정치 영역에 있는 사람들은 정치적 결정만으로 모든 변화가 가능하다고 단정하는 경향이 있다. 정치권력이 다른 권력을 압도하고 있다는 권력적 속성에 현혹되기 때문이다. 경제 영역에 있는 사람들은 결국 물질적 변화가 세상을 변화시킬 것이라고 전제하는 경향이 있다. 마르크스주의가 그랬고 시장경제론자들의 전제도 다르지 않다. 그런가 하면 사회 영역에 초점을 맞추면 세상의 모든 변화는 사회적 합의 없이는 불가능하다고 믿는다. 과학기술 분야에 종사하는 사람들은 과학기술의 진보가 인류의 삶을 바꾼 근본적 힘이었다고 믿는다. 사상과 문화 분야에서는 사람의 생각들이 움직이지 않으면 세상의 변화는 가능하지 않을 것이라고 전제한다. 모두 틀린 이야기는 아니다.

정치 영역의 결정이 모든 변화를 주도하겠다고 과욕을 부리면 비용이 발생한다. 지속성의 동력으로부터 제기되는 저항 때문이다. 이전 시대부터 축적된 이익을 많이 가진 세력, 즉 기득

권층이라고 불리는 세력이 있다. 이들이 저항하기 시작하면 변화의 필요성은 좀처럼 동력을 가지기 힘들다. 분배 방식 변화에 대한 두려움이 생겨나기 때문이다. 여기에 보통 사람들에게는 인식과 문화적 습관이라는 것도 있다. 급격한 변화에 대한 막연한 두려움은 누구나 가질 수 있다는 것이다. 따라서 정치적 판단과 결정만으로 세상을 쉽게 바꾸기는 어렵다. 특히 사회적 합의가 성숙될 때까지 시간과 뜸을 들여야 하는 이슈들이 있다. 지향점의 목표는 바른 것이나 시간이 필요한 논제들이다. 변화를 향한 정치적 결정이 표현되는 방식도 고려해야 한다. 정치란 자판기가 아니다. 질문지를 넣으면 곧바로 답이 나오는 것이 아니라 한참을 숙고해야 할 일들이 있다. 마치 예수가 '죄 없는 자들만이 저 여인을 돌로 쳐라'라는 명답을 말하기 전 땅바닥에 앉아 한참 그림을 그렸던 그 광경처럼 말이다. 그래서 혁신은 혁명보다 훨씬 어렵다고 말하기도 한다.

정치로 변화를 추구하려면

변화와 지속성의 갈림길에서는 여전히 정치적 결정이 중요하다. 다만, 그것만으로 세상이 바뀐다고 생각한다면 감수성이 부

생각의 최전선

족하다는 비평을 들을 수 있다. 저항하며 머물겠다는 사람들을 설득하는 일도 정치의 영역이다. 사회적 공감대를 만들어야 한 다는 판단도 정치적 결정이다. 권력만 믿고 무모하게 밀어붙이 면 정치 자체가 갈등 유발자 기능만 하게 되는 꼴이다. 그때 발 생하는 제반 비용은 결국 다음 세대의 몫으로 고스란히 남기 때 문이다. 눈앞에 놓인 정치적 이익이 아니라 더 긴 시선으로 역사 와 미래를 봐야 할 때가 있는 법이다.

정치(politics)를 정의 내릴 때 가장 많이 인용되는 문구는 '사 회적 가치의 권위 있는 배분'이다. 여기에는 갈등의 조정을 위한 가치의 배분이 있고, 배분 방식의 사회적 수용도 염두에 둬야 한 다. 따라서 정의의 도덕적 책무도 포함한다. 반면, '정치적인 (political) 것'이라는 단어가 내포하는 의미는 '적과 동지의 구분' 이다. 철학자 칼 슈미트(Karl Schmitt)의 논변이다. 적과 동지의 구분, '우리 편과 저쪽 편'의 구분이 가장 기초적인 '정치적인' 행 위라는 것이다. '가치의 권위적 배분'이 국가 운영에 관한 것이라 면, '적과 동지의 구분'은 권력 추구 과정에서 자주 목격되는 현 장 논리다. 전자가 가치 중심이라면 후자는 기술 중심, 즉 '정치 공학적' 어법이다. '정치'의 정의에 충실하면 갈등을 봉합하고 조 정하는 일이 중요해지고, '정치적인'이라는 말만 추종하면 정치 행위 자체가 대립과 갈등을 증폭시키는 진원지가 될 수 있다. 한국 정치 문화에서는 '정치'에 관한 고민은 빈약하고, '정치 공학적' 판단과 셈법이 대세를 이루고 있다. 보수나 진보 진영 간에 '적과 동지'를 구분하는 '정치 공학적' 판단은 말할 것도 없고, 그들 진영 내부에서도 '적과 동지'를 구분하여 배제하려는 일을 정치의 기본으로 삼고 있는 듯 보인다. 그렇게 반복하고 재생산하면서 정치문화를 만들어왔다.

'정치 공학적' 편 가르기와 전략 담론

'정치 공학적' 판단을 앞세워 내편 네편으로 편을 가르는 일이 정치현장에서 하나의 문화로 수용되고 소비되어왔다. 그러다 보니 이런 '정치 공학적' 판단 때문에 국가 전략 담론도 지나치게 단순화되고 불필요한 이분화를 강요받기도 한다. 이를테면 경제 전략을 성장과 분배, 개발과 환경 등의 이분법으로 나누고 인식의 지름길을 강요하기도 한다. 개념적 구분으로는 그럴 수 있다. 통상 보수 진영은 성장과 개발을, 진보 진영은 분배와 환경을 '상대적으로' 더 중시한다는 것은 틀리지 않는다. 지향하는 철학과 가치라는 점에서 그렇다. 그렇다고 어떤 정권이건 하나의 방향만 고집하고 다른 한쪽은 완전히 경시하면서 국가를 운영할 수는 없다. 분배정책을 더 중시한다고 성장전략을 완전히 제쳐두는 국가는 없다. 또 성장 위주의 정책을 추진한다고 분배의 가치를 포기하는 국가는 없다. 국가를 그런 식으로 운영하면 아둔한 짓이다. 되레 적절한 분배정책은 성장 동력이 되기도 하고, 그 반대 경우도 마찬가지다. 서로 맞물려 진행되는 것이다. 개발과 환경도 접점을 만들면서 추진해야 하는 것이 시대적 추세다. 그런데 편 가르기가 가장 극렬하게 기승을 부리는 선거철이 되면 국가 운영으로서 '정치'보다는 적과 동지의 구분이라는 '정치 공학적' 판단이 사람의 눈을 흐리게 만든다. 전략을 두고도 편 가르기가 격렬해진다.

'정치 공학적' 이분법 때문에 애꿎은 오해가 생기는 분야는 평화와 안보 담론이다. 개념을 두고 진행되어 온 이상한 소비 방식 때문이다. 거기에 정치 공학적 판단도 한몫했다. 개념만 엄밀히 따지자면 평화가 안보보다 더 포괄적이고 상위의 개념이다. 평화개념에는 인간 내면의 평화도 있고, 사회 내부적 평화도 포함된다. 국가와 국가 사이의 평화를 보통 안보라고 부른다. 평화라 부르건 안보라 부르건 모두 국가를 안전한 상태로 만들고자 하는 전략의 의미를 담고 있다. 평화 또는 안보에 이르는 길은 매우 복잡하다. 이론적으로도 그렇고 현실 정책 영역에서도 마찬가지다. 요컨대 평화에 이르는 왕도(王道)란 없고, 한 가지의 방법으로 통일되기도 어렵다. 군사 안보를 통한 방법만이 유일한 길은 아니어야 한다는 의미다.

그런데 한국 정치문화에서 평화와 안보 개념을 두고도 기이한 '정치 공학적' 판단을 해왔다. 평화는 유약하고, 안보는 강건하다는 이미지 구분이 그 하나다. 평화를 중시한다고 말하면 이상주의자로 취급하고, 안보를 주장해야 현실주의자로 간주하는 이분법도 마찬가지다. 심지어 보수는 안보를 더 중시하고, 진보는 평화에 집착한다고까지 굳이 가른다. 개념과 전략 담론적으로는 모두 불필요한 이분법이다. 이를테면 문재인 정부에서 한반도 평화구상을 발표하고 실천에 옮기는 과정에서 '소위 말하는' 안보를 포기한 적은 없다. 오히려 국방비만 따지고 보면 2017년에 비해 2022년 예산은 무려 36% 이상 증가했다. 그 이유는 안보 개념을 평화 개념 속에 포함시켰기 때문이다. 평화에 이르는 길을 대략을 구분하면 자강론과 억지 전략(현실주의 평화), 군비통제 전략(절충주의 평화), 남북경제협력과 평화경제론(자유주의 평화)로 나뉜다. 문재인 정부의 한반도 평화구상은 이세 가지 접근법을 결합한 구도였다. 구도와 상황에 따라 이 세

가지 방법을 어떤 비율로 결합할 것인지는 국가를 운영하는 정부와 정권의 책임이다. 한 가지 방법으로만 쏠리게 되면 오히려 국가의 안전이 더 위태로워질 수 있다. 선제타격을 불사하겠다고 으름장 놓는다고 안정적 평화가 보장되지 않는다.

정치의 계절이 찾아오면 정치인들은 그들의 '정치 공학적' 판단을 유권자들에게 강제하는 경향이 있다. 보수는 강건한 안보를, 진보는 유약한 평화를 추구한다고 단순화한다. 이 역시 내편 네편 편가르기 논리와 무관하지 않다. 유권자들은 그런 방식의 구분에 쉽게 빨려 들어간다. 복잡한 현상에 대해 지름길을 선택하려는 인지 경향도 작동하기 때문이다. 심지어는 전략구상에 관여하는 소위 전략가들도 이런 단순 이분법을 재생산하는 경우가 없지 않다. 어떤 가치를, 그래서 어떤 전략적 선택이 더 유효한가, 그래서 다양한 평화 추구의 전략 중 무엇을 더 강조하고 어떤 방식으로 결합할 것인가는 '정치'라는 본연의 의미, 즉 국가 경영의 관점에서 판단할 문제다. 우리 편과 그들 편으로 나눈다고 안전한 국가를 만들어야 할 전략 담론조차 '정치 공학적' 판단에 압도되면 안 된다는 의미다.

정치학적 고뇌

　지식과 전공에 관계없이 '정치 공학적' 판단과 행동이 민감하고 예리한 사람들이 있다. '정치 공학적' 직관이기도 하고, 권력 속성에 민감한 사람들이기도 하다. 권력에 민감하여 '정치 공학적' 판단력이 뛰어나다고 반드시 시대 변화에 대한 소명 의식이 출중하다고 보기 어렵다. 세상을 변화시키겠다고 판단하고 결정하려면 '정치 공학적' 감각보다 '정치' 본연의 의미를 더 진지하게 성찰할 필요가 있다. 축적된 모순 때문에 배분이 불공정해졌을 때, 그것을 바로잡기 위해 판단하고 권위를 사용할 때라야 올바른 방향의 변화가 약속되는 것이다. 무릇, 정치란 그래야 하는 법이다.

　정치학자가 '정치 공학적' 직관도 뛰어날 것이라고 예단하는 경우가 있다. 그럴 때마다, "나는 정치학을 공부했지 '정치 공학'을 공부를 했던 것은 아니라"며 손사래를 치곤 했다. 정치학 공부가 직업이 되었고 국가 전략 구상도 고민하게 되었다. 정치로 세상을 바꾸는 일을 국가 전략 구상의 주제로 간주하기도 한다. 그럴 때 '정치 공학적' 직관은 국가 전략 구상에 그다지 도움이 되지는 않는다. 그런다고 공적 영역의 변화를 사적 영역으로 환

생각의 최전선

원하여 세상 바꾸기 전략의 핵심은 개인들 생각을 바꾸는 일에 있다며, '생각의 변화가 국가 전략의 해답이다'라고 결론 내리기는 쑥스러운 일이다. '정치란 무엇인가'를 묻고 답하는 정치학 원론으로 되돌아가는 것이 해답일지 모른다. 그러한 고민이 시 '물결의 정치학'을 썼던 이유이기도 하다. 정치를 통해 세상을 바꾸고자 꿈꾸는 일이 어렵고 늘 고민되기 때문이다.

물결의 정치학

바다 위에 얹혀사는 물결이란 놈들에게서
같은 얼굴 생김을 본 일이 없다.
머리 위로 허연 거품을 이고 오는 놈
육중한 몸을 뒤틀며 다가오는 놈
고향 가는 길옆, 낮은 언덕처럼 단아하게 생긴 놈
도대체 같은 표정이란 없다.

솟구치며 널브러지고
울렁거리며 자빠진다.

외치는 놈,
숨죽인 놈,
피켓 들고 선두에 선 놈,

남들 앞세우고 뒤에서 슬그머니 따라오는 놈,

논쟁하며 사생결단하려는 놈,

지 생각 밖에 외칠 줄 모르는 놈,

지키자는 놈,

바꾸자는 놈.

소란한 7월의 바닷가,

저놈들은 죽는 날까지

뭍으로만 몰려든다.

그래서 바다는 총천연색이다.

인간들 머릿속 같은 뒤죽박죽이다.

내가 정치학을 공부랍시고 붙들고 있는 이유는

저놈들 물결 때문이다.

물결 등살에도 바보처럼 꿈쩍도 않는 바다 때문이다.

뭍에 앉아 우직한 바다를 지켜봐야 하는

업보 때문이다.

– 김기정, '물결의 정치학' 전문,『귀향』, 2015

이 글의 앞부분은 "변화한다는 것, 머물러 있는다는 것", 뒷부분은 "정치(politics)와
'정치적이라는 것'(political)의 차이"를 일부 고쳐 썼다. 『풍경을 담다』(오래, 2020).

생각의 최전선

권력은 무서운 것?

권력(power)에 대한 정의는 다양하다. '자신이 목적하는 바를 성취할 수 있는 능력의 총합'이라는 정의는 매우 포괄적 정의에 속한다. 여기에 '조건'을 덧붙여 정의하게 되면 권력이 갖는 속성을 좀 더 적나라하게 드러낼 수 있다. 즉, '비록 다른 사람의 반대가 있다 하더라도' 목적하는 바를 성취할 수 있는 능력이 '권력'이라고 정의하게 되면 권력의 본질이 좀 더 수월하게 간파된다. 정치학에서는 '권력' 혹은 '권위'의 개념을 학문의 핵심 주제로 다루어 왔다. 미국 정치학자 다알(Robert Dahl)이 내린 권력에 대한 정의가 자주 언급된다. 'A가 B에게 X라는 행위를 하게끔 하는 능력이 A의 권력인데, 원래 X라는 행위를 하려고 했던 B의 자발성 영역을 제외한 나머지 능력이 A가 B에 대해 가지는 권력'이라는 해설이다.

다알이 내린 권력의 정의에서 핵심은 두 가지다. 하나는 관계성이고, 다른 하나는 강제성이다. 권력이란 개체가 홀로 존립하는 상황에서는 의미가 없는 단어다. 권력은 인간과 인간 사이의 '관계'에서 존재하고, 집단과 집단 사이에서 작동함으로써 비로소 의미를 가진다. 즉, '누군가가 다른 누군가에 대해서' 가지는 힘과 능력이 권력이다. 관계적 영역에서라야 권력은 본질의 속성을 가진다. 그러므로 이는 권력의 상대성(relativity) 속성이기도 하다. 다른 하나는 강제성이다. 폭력성을 수반하건 설득적 기제를 통해서건 권력은 다른 사람의 행동과 판단을 강제한다. 민주적 권력에는 설득력과 공감대가, 권위주의 권력에는 폭력과 억압이 주된 기제들이다.

폭력성을 띤 권력의 근간에는 인간의 복종심리가 있다. 이른바 마조히즘(masochism)의 심리다. 자신보다 더 큰 힘을 가지는 상대 혹은 지도자에게 압도당하면서 생기는 심리, 즉 '어쩔 수 없다'라며 자학하고 복종하는 심리다. 한 걸음 더 나아가면 나보다 힘을 더 많이 가진 권력자, 즉 초인(超人)의 등장을 갈망하는 심리도 이와 무관하지 않다. 저항하고 이겨내기보다는 '압도당하기를 오히려 원하는' 심리가 나타나는 것이다. 이런 조건 속에서 나치즘 등장이 가능했고 세계 곳곳에서 독재 권력이 맹위를

생각의 최전선

떨쳐왔다. 거기에는 권력에 대한 공포감이 기저에 깔려 있다.

　그런 의미에서 권력이란 '무서운' 것이다. 권력이 주는 공포감이 가장 잘 드러나는 공간이 군대다. 이전에 모 방송국에서 방영했던 '진짜 사나이'란 프로그램이 있었다. 좋아했던 사람도 있었고 불편했던 사람들도 있었다. 시청을 거듭할수록 불편해졌던 것은 그 프로그램이 절대복종의 공포감을 시청자들에게 무의식 중에 각인시키고 있었다는 점이다. 훈련소 조교들의 살벌한 명령과 두려움에 짓눌린 연예인들의 얼굴이 대조를 이루면서 권력이 공포감을 동반하고 있다는 사실을 새삼 상기시켰다. '권력이란 무서운 것'이라는 느낌을 무의식적으로 자극하는 것 같았다. 이는 묘하게 당시 박근혜 정권의 권력층 구성이 주로 군 출신들로 이루어져 있다는 점과 맞물리면서 언짢기도 했다. 군사독재를 벗어나 민주화 이후 30년이 지났어도 정치권력이 국민의 공포감 심리에 기반하고 있다는 점을 다시 확인해야 하는 일은 참 불편한 일이다.

　군대를 다녀온 사람들은 대부분 느낌으로 기억하고 있다. 훈련소처럼 공포감이 일상이 된 공간에서는 사람들의 머리가 백지처럼 비워진다. 머리가 텅 비워지고 몸은 피동적으로 움직인다. 뭔가 '생각'할 틈을 좀처럼 갖기 어렵다. 생각을 하게 되면 오히려 실수가 생긴다는 것이 훈련을 담당했던 사람들의 논리였다. 공포가 일상이 되면 그런 논리조차 거부감없이 받아들이게 된다.

20세기 정치사상가인 한나 아렌트(Hannah Arendt)는 '생각'하는 일이 인간의 가장 특징적인 능력이라고 표현한 적이 있다. 생각하는 힘은 아름다움과 추함, 옳고 그름을 판단할 수 있는 능력이라는 것이다. 생각은 자신의 존재 방식에 대한 사유이기도 하고, 타인의 처지에 대한 공감의 능력이기도 하다. 인간이 생각하는 힘을 상실하면 권력의 행사에 따라 피동적으로 움직이는 기계에 불과하다.

아렌트가 '생각'의 중요성을 강조했던 이유는 그녀의 유명한 논변, 즉 '악의 평범성'(banality of evil) 주장과도 맞물려 있다. 2차 대전 중 유대인 학살을 지휘했던 나치 독일의 중견 간부 아돌프 아이히만(Otto Adolf Eichmann)이 체포되어 이스라엘 법정에 회부되었다. 아렌트가 그 재판을 참관한 후 내렸던 결론은 악이란 것이 기괴한 그 무엇이 아니라 보통 사람의 심리 속에 내장되어 있다는 것이다. 아렌트의 눈에 비친 아이히만은 지극히 평범한

생각의 최전선

중년 남자였다. 아이히만 스스로도 당시 자신의 행동이 준법정
신이었다고 항변했다. 아렌트가 보기에 아이히만은 생각하는 것
을 포기한 사람이었다. 인간이 생각하기를 멈추고 오로지 권력
상층부로부터 주어진 명령 수행과 무조건적 복종을 행위 원리로
삼을 때 악은 지극히 평범한 사람의 행동을 통해 드러난다. 우리
역사 속에서도 그런 일들이 있었다. 유신시대, 고문을 자행했던
경찰 수사관들의 심리가 그랬다. 영화 '남영동 1985'를 보면, 수
사관의 그런 모습이 그려져 있다. 사람을 거의 죽음 직전까지 몰
아가는 고문을 자행하다가, 쉬는 시간이 되면 담배를 피워물고
자식의 대학 진학을 걱정하는 그런 모습이다. 그것이 '악의 평범
성'이다.

　묵묵히 복종하는 국민을 두고 '개돼지'에 비유해서 시끄러웠
던 적이 있다. 그런 말을 드러내 놓고 하는 사람은 드물지만, 기
득권층이나 권력층 다수의 사람들이 그와 비슷한 생각을 가지고
있을 법하다. '소수의 엘리트 집단이 다수의 무지몽매한 국민을
이끌어 가고 있다'는 인식 언저리에는 '생각하기'를 멈추고 있는
피지배자 심리가 전제되어 있다. 사회 시스템이란 것이 국민들
조차 이런 뒤틀린 인식을 스스럼없이 수용하도록 장치된 것은
아닐까. 권력을 무비판적으로 받아들이도록 교묘하게 재생산되

는 사회는 아닐까. 유신시대가 역사 저편으로 사라진 지 이미 오래다. 그러나 유신의 권력 장치들이 기억 속에 문신처럼 각인되고 망령처럼 우리 주위를 여전히 배회하고 있는 것은 아닌지 두려울 때가 있다.

권력은 무서운 것이다. 공포감과 강제성의 속성 때문이다. 비(非)민주적 정권일수록 권력의 공포감을 더 조장하려는 경향이 있다. 권력의 강제적 집행 방식에 익숙한 사람이 지도자가 되면 권력이 더 무서운 도구로 사용될 가능성이 높다. 그러나 그 공포감을 민주주의 신념으로 이겨내는 일도 중요하다. 민주시민이라면 생각하기를 멈추지 말아야 한다. 국민주권이란 헌법정신의 핵심이다. 국가의 모든 권력은 국민으로부터 나온다는 이 간단하고도 심오한 원리는 '생각'을 끊지 않는 국민이라는 전제 위에 서 있다. 두려움 때문에 생각하는 일을 포기하면 체제 순응의 복종심리만 남는다. 그리되면 다시 독재 시절로 되돌아가기에 십상이다. '나조차 생각을 끊으면 / 이 세상 모든 사상은 / 거기서 끝나는 것이다'라는 시구를 교리처럼 암송해야 할지 모른다. (김기정, '깨어있는 시민', 『꿈꾸는 평화』, 2015) 생각을 포기하지 않는 사람들의 결기가 미래를 만들어 나갈 수 있다. 지금 시대는 무엇이 결핍되어 있고 어떻게 바꿀 수 있는가의 생각을 끊지 말아야 한다. 생각들이 모여 강을 이룬다면, 그 강이 흘러 닿아야 할 바다는 지금보다 조금은 밝은 시대일 것이다. 우리는 그것을 시대정신이라고 부르고 희망이라 말한다.

이 글의 뒷부분은 "생각하는 힘"이라는 제목으로 『풍경을 담다』(오래, 2020)에 실었던 글이다.

공감의 리더십과 전진(前進)의 정치담론

역사를 '끝없는 변화이면서 동시에 하나의 거대한 연속'이라고 규정하기도 한다. 프랑스 역사학자 마크 블로크(Marc Bloch)의 역사 정의(定義)다. '변화'란 모든 시간이 늘 미지의 변수들과 조우(遭遇)할 수밖에 없다는 엄중한 법칙을 의미한다. '역사는 모든 순간이 전환기였다'는 다소 과장된 묘사는 역사 속 변화의 속성을 잘 드러내는 말이다. 반면, '연속'이란 어떤 시대라도 그 이전 시대와 연결되어 있음을 강조하는 말이다. 현재에는 어떤 형태로든 과거의 흔적이 남겨지게 마련이며, 이전 시대로부터 비롯된 인과관계가 복합적으로 얽히면서 진행될 수밖에 없다는 의미다. 셰익스피어의 표현을 빌리면 '지나간 것은 서막에 불과했다'(What is past is prologue)는 문학적 관찰이 이러한 '연속'의 의미를 가장 잘 드러내 보인다.

생각의 최전선

요컨대 과거 속에서 만들어진 동력을 품고 미지의 시간을 향해 나아갔던 일련의 변화가 역사라 할 수 있다. 그렇게 보면 인간 문명사의 큰 줄기는 '나아감'의 의미, 즉 진화의 동력을 필연적으로 담고 있다. '전진'의 정치 담론은 그런 배경에서 자주 등장하곤 했다. 길게 보면 앞을 향해 전진해 가자는 외침이 성공을 거두었던 역사이기도 하다. 과거로부터 축적된 모순과 다양한 불편함을 어떤 방식으로든 변화시켜 향상시키고 싶었던 열망이 역사를 움직여 왔다고 볼 수 있다. 물론, 돌아보면 퇴행과 반동의 시대도 없지 않았다. 멈춰 서 있기도 했고, 어둠의 색이 짙었던 시대도 없지 않았다. 그러나 노무현 대통령의 표현을 빌리자면, '강물이 아무리 좌우로 굽이쳐 흐르더라도 결국 바다로 가는 방향을 잃어버리지는 않듯' 긴 안목으로 보면, 인간의 역사는 '어쨌든' 진화의 역사였다.

그런 의미에서 '새로운 시대를 향한 전진', '향상과 발전', '혁신과 개혁'의 정치 담론은 늘 힘을 품고 있다. 미래의 희망을 제안하기 때문이다. 어떤 시대이건 정치 지도자가 포기할 수 없는, 포기하지 말아야 하는 신념은 진화를 위한 약속이다. '전진'의 정치 담론에서 고려해야 하는 점은 두 가지다. '방향'과 '방법'이다. 방향이란 무엇을 위한, 어떤 목표를 향한 전진인가의 질문인데,

이는 정치 지도자의 철학과 시대 독해에 기반해야 한다. 아울러 동시대 국민 다수의 열망과 사회 구조가 안고 있는 모순에 대한 분석으로부터 제기되어야 한다. 가끔은 이 대목에서 오작동이 생기기도 했다. 잘못 독해하거나 정치인 개인의 사적 욕망이 앞서면 전진이 아니라 후진의 길을 택하게 된다.

다른 하나의 고민은 전진의 '방식'이다. 정치를 '국가라는 정치 단위의 경영'이라고 규정할 때, 바람직한 경영을 위해 어떤 방식으로 전진을 공언하고 이행할 것인가는 정치적 영역의 이슈다. 리더십이라는 단어를 대하는 지도자의 정치 철학과 관련되어 있기도 하다.

대부분 '전진'이라는 단어에서 연상하는 이미지는 외젠 들라크루아(Eugene Delacroix)가 그렸던 작품, '민중을 이끄는 자유의 여신'이다. 19세기 초, 프랑스 혁명을 묘사한 한 장면일 것이다. 또는 미국 육군 보병학교 교훈에서 유래하여 한국 육군 보병학교에서도 차용하고 있는 '나를 따르라'(Follow Me)라는 구호를 기억해 낼 것이다. 전진 과정에서 선두에 서서 다수를 이끄는 용맹스러움, 장렬한 희생의 각오를 드러내 보인다. 정치지도자라면 이런 방식의 리더십에 자못 매력을 느낄 수 있을 것이다. 필요할 때도 있다. 그러나 과유불급(過猶不及)이라, 자칫 독선과 오만으로 오해되기 쉽다. 엘리트주의에 내포된 신념과 그 실천적 오류도 이와 크게 다르지 않다.

전진의 방식에서 더불어 고민해야 하는 점은 함께 대오(隊伍)를 갖추자고 다수의 대중에게 제안하는 일이다. 함께 열을 짜고 발걸음을 맞추며 나가는 방식의 전진이다. 비유해서 말하자면 '한 사람의 열 걸음보다 열 사람의 한 걸음'이 더 중요하다는 것이다. 속도는 더뎌질 수 있다. 효율성이 제한된다고 비판될 수도 있다. 그러나 공감의 리더십은 이 방식에서 빛나며 드러난다. 시대가, 그 시대를 살아내는 사람들이 무엇 때문에 아파하고, 어떤 희망을 품고 싶어 하는지를 간파해야 한다는 것이다. 지도자가 보통 사람들과 함께 느낀다는 것, 지도자가 우리와 함께 시선을 나누고 있다고 보통 사람들이 믿는 것, 이 지점에서 단합과 연대의 동력뿐 아니라 전진의 희망이 탄생하는 것이다.

사면(赦免)과 정치통합?

"죽여라!!!"

"죽여라!!!"

로마 시대, 시합을 끝낸 검투사가 허탈한 표정으로 서 있는 아레나에는 죽음을 요구하는 군중들의 외침이 지축을 흔든다. 그곳은 죽음을 향한 광기(狂氣)가 지배하는 서슬 퍼런 공간이다. 이런 집단 심리가 지배하는 살벌한 분위기에서는 누구 하나 선뜻 자비나 관용을 외치기 어렵다. 타인에 대한, 또 다른 인간에 대한 죽음을 맹렬히 요구하는 이런 야만이 어디 있으랴.

사면(赦免)이 소비되는 정치적 방식

죄목(罪目)의 경중 여부를 떠나 중요 정치인들이 재판을 받고 수감되어 있을 때, 정치권 일각에서는 간혹 사면을 제안한다. 사면을 통해 기대하고 있는 정치적 셈법들은 각각 다르긴 하지만, 사면 제안은 여야가 특별히 다르지 않다. 그러나 사회 한편에서는 '아직 죗값을 치르지 않았다', '어찌 그들을 용서할 수 있느냐'며 분노의 언술을 쏟아낸다. 사면을 제안하는 사람들은 주로 '사회통합', '정치통합'을 사면의 이유로 세운다.

'사회통합'이나 '정치통합'이라는 단어는 정치권뿐 아니라 사회 전반에 두루 쓰이는 용어다. 국민 단합의 이상(理想)을 염두에 두면서 자주 입에 올린다. 일사불란한 단결을 주문하기도 하고 총화(總和)를 주창하기도 한다. 사회통합이라는 단어는 국론 분열이라는 단어와 대비되며 도덕적 우위를 갖는 경향이 있다.

그러나 정치 영역에서 '단결'과 '연대'의 수준을 넘어 '통합'이 과연 가능한가? 혹여 신기루와 같은 환상을 내포하고 있는 단어일지 모른다. 구체적으로 무엇을 통합하겠다고 목소리를 높이고 있을까? 사람들의 마음일까? 국가에 대한 충성일까? 한 시대를 풍미하다가 사라져갈 이념을 다 함께 나누어 갖자는 외침일까? 그 목표가 무엇이든 사면이 통합을 이루는 좋은 조건이 될까?

어떤 정치체제라도 국민을 하나의 생각으로 통일시킨다는 것은 불가능에 가깝다. 전체주의 국가에서조차 국민 전부를 동질 이념으로 통합시키는 일은 난감한 목표다. 종교적 맹신을 기반으로 했던 중세사회에서조차 사회적 주변부에 존재했던 비판적 상상이 있었고, 양심수가 있었다. 일사불란해 보였던 교리에 대해서도 해석을 달리하는 이단(異端)이 생겨났다.

모든 사람이 하나의 생각, 하나의 이념을 가지게 되면 그것은 과연 바람직한 사회일까? 인간 존재는 불완전한데, 국가는 '국민통합을 통해' 완전체를 이룰 수 있을까? 비판의 판죽걸기조차 봉쇄된 국가가 제대로 기능이나 할까? 나치 독일이나 일본 군국주의 체제 시대를 살았던 사람들의 기분과 공감해보라. 한국 사회 유신체제도 이와 크게 다르지 않았을 것이다. 동조압력을 미덕이라 여기는 현대 일본의 숨 막히는 사회 분위기에도 총화단결의 구(舊)시대 흔적이 남아 있다. 모두 통합되어 하나가 되면, 공동체 속 개인은 개체 존립성을 잃어버릴 것이 뻔하다. 엄밀하게 따지면 통합된 사회, 하나가 된 국가는 '환상'에 불과하다. 불

생각의 최전선

가능한 것을 주창하고 요구하며, 그것에 부합하겠다는 약속을 하는 것만큼 모순적이고 불편한 것이 어디 있으랴. 그러므로 정치적 사면을 통한 통합 주창은 허무맹랑한 정치적 구호에 다름 아니다.

사면과 통합은 논리적으로 맞닿아 있지 않다. 소위 국민 통합의 환상을 위해서 사면권이 악용되어서는 안 된다는 뜻이다. 사면은 죄를 용서하고 처벌을 면제해 주는 정치적 결정이다. 만약 무모한 정치적 보복의 결과로 덧씌워진 죄목이라면, 혹은 사법절차의 불완전성과 오류로 인한 판결이었다면 개인 삶의 갱생을 위해서라도 이전의 단죄 결정에 대해 다시 돌이켜 보라는 요청이다. 이런 점에서 사면권은 특별히 중요한 의미를 가진다. 그러나 통합의 환상과는 거리가 멀다.

관용 혹은 무관용의 사회

사면이 던지는 질문은 이것이다. 죄와 죗값, 그것을 판단하는 사법 시스템에 대하여, 더 나아가 우리는 지금까지 어떤 사회를 만들어 운용하고 있는가의 질문이 사면과 밀접하게 관련되어 있다. 이와 동시에 사면의 정치과정을 통해 어떤 사회를 만들어 가고 싶은가의 질문이기도 하다. 로마 검투장에서처럼 '죽여라!!!' '무관용'(No Mercy!!)을 외쳐대는 사회 속에 살고 있지나 않은지, 자칫 '무관용의 원칙'을 정의의 표상으로 간주하여 전가의 보도처럼 스스럼없이 휘두르는 사회를 만들어 오지 않았는지, 그래서 칼과 처벌, 감옥과 복수심이 만연한 사회가 되어버린 것은 아닌지 우리는 질문해야 한다. 타협과 협의, 용서와 관용보다는 무엇이든 '법대로 하자'는 사법 만능주의를 만든 것은 아닌지를 물어야 한다.

불완전한 인간은 실수투성이다. 인간의 실수는 원죄에 가깝다. 그렇다고 범죄를 옹호하고 정당화하려는 사람은 없다. 범법이 자랑일 수는 없다. 그러나 완벽한 인간도 없고, 완성된 사법 제도 또한 더더욱 존재하기 어렵다. 불완전한 인간들이 만든 불완전한 제도 속에서 인간 허물에 대한 용서, 관용, 그리고 갱생(更生)의 기회가 아예 존재하지 않는다면 우리는 얼마나 더 표독해진 야만스러움을 정상(正常)으로 삼고 살아야 하는가?

인간 문명사는 처벌에 관한 제도의 역사이기도 하다. 법률적 엄격함은 세월이 흐를수록 한층 꼼꼼해졌고 매서워졌다. 그러나

생각의 최전선

처벌 제도의 정밀함을 통해 인간은 과연 더 나은 존재가 되었을까? 일벌백계(一罰百戒)의 무시무시한 경고는 인간과 인간의 거리를 좁혔을까? 법 조문(條文) 문구 속에 갇힌 법률가들의 냉정한 요구가 인간과 문명을 진화시킨 것은 아닌 듯 보인다. 인간의 진화는 낙조(落照)로부터 사랑을 읽어내는 한 줄의 시(詩), 마른 공기를 채우는 교향곡의 선율, 잔잔하고 푸른 연못을 옮겨 놓은 수채화, 산사(山寺)를 쟁쟁하게 울리는 법설(法說), 그리고 인간이 나누어야 할 온기, 사랑, 용서를 요청한 사상가와 선지자들 덕분은 아니었을까?

'무관용 원칙'을 주문(呪文)처럼 입에 달고 사는 사람들에게, 용서와 관용으로 조금이라도 따스한 사회를 만들 수 있음을 잊고 사는 사람들에게 사면의 정치적 과정은 일종의 희망 노트 같은 것이다. '조건과 분위기가 되면 사면을 검토하겠다'는 조심스러운 제안은 국민 통합 따위의 셈법이 아니라 결국 인간사에 관한 철학적 고뇌에서 비롯된 것이라고 보고 싶다. 용서가 망각되고 관용이 실종되면 광기와 증오만이 판치는 사회로 변모하게 될 것이라는 두려움의 마지막 표현일지도 모른다.

완전한 정치통합, 사회통합은 불가능한 목표다. 통합과 사면은 엇갈린 조합이다. 사면은 칼의 춤사위가 점차 매서워지는 사회를 살아야 하는 우리에게 관용과 용서는 왜 금기어가 되어 힘을 잃고 말았는지 조용히 묻고 있는 단어다.

생각의 최전선

양비(兩非)론, 양시(兩是)론을 위한 변명

아주 오래전 일이다.

박정희 시대의 한국 현대사 평가와 관련한 국제 학술회의가 있었다. 한국 학계에서 보수와 진보를 대표하는 중견 학자들이 참가하였고, 회의 석상에서 그들은 박정희의 공과에 대해 치열한 토론을 벌였다. 접점도 있었지만, 극명한 의견 차이가 더 두드러졌다. 토론이란 차이가 존재해야 성립하는 법이다.

내가 정작 놀랐던 것은 만찬장에서였다. 만찬장에는 자칭 보수 담론을 대표한다는 중견 언론인도 초대되었다. 그는 보수학자와 진보학자가 만찬장 식탁에 나란히 앉아 담소를 나누고 있는 모습을 보고 매우 놀란 듯 말을 뱉었다. 그는 "일반 국민이 두 사람의 저 모습을 본다면 속았다는 생각이 들 것"이라고 말했다. 어떻게 보수와 진보 학자가 정다운 표정으로 사이좋게 담소를 나눌 수 있는지 도무지 이해하기 힘들다는 표정을 지었다. 보수와 진보가 만나면 등을 돌리고 앉아 아예 말을 나누지 않거나 격렬한 언쟁을 벌이든지, 아니면 주먹다짐이라도 해야 정상이 아니겠냐는 의중인 듯 보였다. 그런데 그런 모습에 국민들은 과연 '속았다'고 생각할까? 그는 어떤 국민을 염두에 두었을까? 갈등을 부추기는 사람들의 시선에서 바라본 자의적 판단이 아니었을까 다시 생각한다.

그의 노력(?) 덕분인지 한국 사회에는 갈등의 골이 훨씬 깊어졌다. 가까운 관계에서조차 이념적 차이, 정치적 견해의 차이를 드러내는 일이 어느덧 금기시되는 사회가 되고 말았다. 오랜 친구들과의 대화에서도 정치와 종교라는 단어는 공공연한 금칙어다. 이 두 가지가 대화의 주제가 되어 절교(絶交)를 선언하는 경우도 있다하니 금칙어의 암묵적 합의는 일면 처절할 정도로 지혜롭기도 하고 서글프기도 하다. 내가 신임 교수였던 시절에는 학과 교수들이 대선 모의 선거를 치르곤 했다. 식사 중에 즉석에서 투표용지를 돌리고는 결과를 발표하며 토론했던 유쾌한 행사였다. 그 행사도 어느 시점에서는 사라졌다. 아무도 정치적 견해 차이를 드러내려는 사람이 없어졌다. 이런 경향 또한 점점 경직

생각의 최전선

되어왔던 사회 분위기와 무관하지 않다.

사회는 점점 더 소란스러워졌다. 격한 언사들이 갈등의 단면에서 화염을 뿜어낸다. 한국 사회에서 갈등의 언술은 간혹 사생결단 방식을 요구한다. 다른 생각을 가진 사람들에 대해 인간적 관계조차 허용하지 않으려는 듯 격하게 달아오른다. 갈등의 접점에서 결사항전(決死抗戰)을 외치고 상대방을 박멸 대상쯤으로 여긴다. 최소한의 다양성조차 인정하고 싶지 않다는 굳은 의지들이 유령처럼 배회하고 있다.

한국 사회의 갈등이 이처럼 첨예해진 것은 몇 가지 이유 때문이다. 우선, 갈등의 존재 자체를 인정하지 않으려는 태도 때문이다. 일사불란함을 추구하는 효율성의 신조가 종교처럼 지배하고 있다. 게다가 '굳은 신념' 그 자체, 혹은 '굳은 신념을 가진 사람들'에게 너무 후한 점수를 주는 문화도 이유의 하나다. 신념은 대개 '진정성'이란 이름으로 무장한다. 신념의 내용과 무관하게 진정성이라는 이름 하나로 그 순수함과 결기를 보장받으려는 경향이 있다. 하나의 신념은 또 다른 신념과 부딪히며 파열음을 낸다. 그런 배경에서 우리 사회는 갈등 해소 과정에 대한 문화를 키우지 못했다.

세상의 현실은 이분법으로 구획하기에 너무 복잡한데, 판단과 어법은 점점 단순화되었다. 이를테면 보수와 진보라는 이분법이 대표적이다. 사안에 따라 그리고 사람에 따라 그 구획은 훨씬 복잡하게 얽혀 있다. 심지어 세상을 보는 한 사람의 시선에도 보수와 진보 두 가지 시각 모두가 가능하다. 이를테면 안보 이슈는 보수, 경제 이슈는 진보라는 생각이다. 그 반대의 경우도 물론 가능하다. 그럼에도 불구하고 이분법을 둘러싼 판단과 시각의 전제가 너무 단순해져 있다. 전제가 단순해지면 논리는 강해질 것이나 인간사의 복잡성들을 쉽게 놓친다. 그리고 그 단순함 위에 진정성으로 무장한 격한 언사들이 갈등을 증폭시킨다.

군이 민주주의 정치체제의 신조(信條: creed)를 예로 들지 않더라도 모든 인간 사회에는 관용의 태도가 필수적이다. 나와 의견이 다른 사람들이 존재한다는 사실을 인정하는 것에서 다양성이 시작된다. 관용의 토대 위에서라야 조정과 타협이 성립할 수 있다. 사회적 의견이 완벽하게 통일되는 것은 민주주의 사회에서 불가능한 일이다. 그것은 전체주의에 다름 아니다. 일사불란한 사회를 꿈꾼다면 그것은 아마 권위주의 시대의 기억이 남긴 불편한 관성 때문일지도 모른다. 통합과 일사불란함의 유혹은 오히려 민주주의를 퇴행시킬 수도 있음을 부정하기 힘들다.

역사의 어느 시대이거나 갈등은 존재해왔다. 때로는 이익을 두고, 때로는 해석을 두고, 혹은 미래로 나아갈 방향에 대한 의견 차이와 다툼이 있었다. 그러나 그 갈등을 풀어내고자 했던 노력도 역사가 우리에게 주는 귀중한 교훈이다. 그 교훈을 되새기는 일을 반복함으로써 갈등 해소의 문화가 형성되기 시작한다. 나와 다른 것은 배척의 대상이 아니라 공존의 대상이다. 수레의 바퀴는 두 개여야 하고 새들도 양 날개를 움직여야 하늘을 날 수 있다. 지식인이나 언론의 책무는 편 가르기의 주역이 되기보다 관용과 중간지대의 담론을 확대하는 일이어야 한다. 그래야만 최소한 조정의 방정식을 만들어 낼 수 있다. 그것이 중용(中庸)으로 향하는 지혜이기도 하다.

양비론과 양시론, 둘 다 틀리기도 하고 둘 다 맞을 수도 있다는 주장이다. 이분법 논리에서는 작동하기 힘든 논법이다. 그러니 양비론이나 양시론을 기회주의적 태도로 매도하는 경향이 있는 것도 사실이다. 흑백논리 시대의 명암이 짙어지면서 회색지대에 서 있는 것조차 불편해지고 심지어 자기검열의 대상이 되었던 때도 있었다. 급히 가는 것보다 찬찬히 변화를 모색하자는 제안조차 개량주의 운운하며 비판받기도 했다. 그러나 성급함이나 논리의 섣부른 선택은 늘 도그마와 함께 작동한다는 것도 알아야 한다. 서투른 지식으로 성급한 결론을 내리기에는 아직도 알 수 없는 것들이 너무 많다. 가운데 서서 양편을 아우르는 지혜가 필요하다. 이것도 권위주의 시대를 거쳐 민주화에 이른 한국 현대사가 우리에겐 남긴 교훈이라면 교훈이다. 균형과 관용의 정신에 기반한 중간지대가 두툼해질 때라야 미래 사회로의 안정적 진화를 꿈꿀 수 있을 것이다.

"양비론을 위한 변명"이라는 제목으로 「매경시평」(2010. 1. 24)에 발표했던 글을 고쳐 썼다.

생각의 최전선

재상봉

재상봉, 하나

"혹시 경남중학교 졸업했나요?"

2001년, 샌디에고의 캘리포니아 주립대학(UCSD)에 교환교수로 가 있었던 무렵이었다. 학교 이메일로 받았던 편지의 제목이 'Did you graduate from Kyungnam Middle School?'였다. 묘한 설렘으로 편지를 열었다. 우리 선생님이었다. 중학교 시절 평화봉사단원으로 우리에게 영어를 가르치셨던 John Finn, 한국 이름 한재준 선생님이었다.

중학교 시절, 우리는 일주일에 한 시간씩 영어 회화 수업을 받았다. 나는 그 영어 시간이 무척 재미있었다. 어쩌면 그때 배웠던 기초 영어가 평생 자산이 되었다고 생각한 적도 많다. 한재준 선생님은 영어뿐 아니라 농구도 가르쳐주었고, 가끔 같이 시합도 했을 정도로 학생들과 친하게 지냈다. 지금 생각해보니 그도 대학 졸업 직후 평화봉사단원으로 선발되어 부임해왔으니 20대혈기 왕성한 청년이었다.

3학년 초겨울쯤이었나, 선생님은 2년 임기를 마치고 미국으로 되돌아갔다. 조회 시간에 전교생에게 작별 인사를 하고 떠났다. 여기저기서 훌쩍거리는 소리가 교정에 울렸다. 그러더니 1년이 조금 더 지나 선생님은 다시 한국으로 돌아왔다. 이번에는 평화봉사단 서울사무소에서 일하기로 했다면서 초임 평화봉사단원들 교육을 담당하는 일을 맡았다 했다. 그리고는 1975년 12월에 미국으로 최종 귀국하였다. 귀국 직전, 대학생 1학년이었던 중학교 동창 몇 사람이 모여 사진관에서 선생님과 함께 송별 사진을 찍었다. 1970년대 한국에서 흔히 치렀던 이별 의식(儀式)이었다. 그 후에도 미국의 선생님과 이따금 편지를 주고받았다.

1982년 내가 유학으로 미국에 입국했을 때 그가 살고 있었던 샌프란시스코를 방문하여 재회하였다. 7월에도 긴팔 옷을 입어야 할 정도로 서늘했던 샌프란시스코의 바람결 같은 재회였다. 그리고는 나는 동부로 향했다. 유학 기간 7년 중에도 안부 편지 몇 통을 주고받았다. 그러나 편지는 점점 뜸해졌고 박사 논문 작성 중에는 바쁘다는 핑계로 거의 연락이 끊어져 있었다. 그러다 보니 학위취득 후 나의 귀국을 알리지도 못했다. 그의 주소가 적힌 편지 봉투도 어디론가 사라지고 없었다. 그리고 10여 년이 흐른 뒤였다.

샌디에고에서 받았던 이메일 내용은 이랬다. 자신이 가르쳤던 학생 중에 나와 동명(同名)이 있는데 혹시 같은 사람이냐고 문의하는 내용이었다. 내가 재직하고 있던 대학 홈페이지를 살피다가 교원 이름 중에 나의 이름을 발견하고는 혹시나 하는 마음으로 편지를 보낸다는 공손한 어투였다. 편지 끝부분에는 혹시 다른 사람이라면 정말 죄송하다는 겸손의 표현도 빼놓지 않고 있었다.

아~ 우리 쌤.
뛸 듯이 기뻤고 한편으로는 너무 죄송했다. 곧바로 이메일 답신을 보내고 전화 통화를 했다. 그의 기쁜 목소리도 수화기를 통해 숨김없이 전해졌다. 가족 여행을 샌프란시스코 쪽으로 서둘러 잡았다. 선생님은 우리 가족을 너무 반갑게 맞이해주었다. 나파 밸리(Napa Valley)를 포함, 이곳저곳 관광지에도 동행해 주었다.

시내 관광을 할 때였다. 케이블카라고 불리는 샌프란시스코 전차를 타러 일행들을 보낸 뒤 나와 선생님은 길가에 주차해 둔

차를 지켰다. 그런데 가방에서 주섬주섬 뭔가를 꺼내는 것이었다. 중학교 졸업 앨범이었다. 졸업 후 30년이나 지난 그 앨범을 펼쳐놓고는 그가 기억하고 있는 학생들 얼굴을 하나하나 짚었다. 그리고는 내게 일일이 그들의 근황을 물었다. 아는 범위 내에서 답해주면서 나 또한 중학교 시절의 기억을 함께 떠올렸다. 그런데 한 학생 얼굴 바로 옆에 선생님이 써 놓은 낙서 같은 메모가 있었다. '농땡이'라고 써둔 글자는 한글이었다. 중학교 시절 내내 말썽꾸러기였던 문제아 학생이었다. 영어를 배웠던 2년 동안 선생님이 수업 시간에 화내는 것을 딱 한 번 보았는데, 그 학생 때문이었다. 다른 선생님과는 달리 체벌 방식도 제대로 알지 못했던 우리 선생님은 그 학생 손바닥을 자신의 손바닥으로 때려 고통을 나누어 느끼는 체벌 방식을 택했다. 그리고는 너무 화나고 슬픈 표정을 지었던 기억이 떠올랐다. 나로서는 다소 어이가 없어 "아니, 이 친구 근황을 왜 알고 싶어요?"라고 물었다. 그랬더니, 우리 쌤이 하신 말씀. "내가 그때는 너무 어린 나이여서 잘 몰랐어. 이 학생이 가정환경 때문에 너무 어려워했는데, 내가 그걸 보듬지 못했어. 내가 공부 잘하는 학생들하고만 친하게 지내느라 소외된 학생들을 케어하지 못한 게 너무 미안해." 내 가슴이 먹먹해졌다. 나도 대학에서 학생을 가르치는 선생인데, '내가 미처 생각하지 못하고 있었던 스승의 길에 이미 우리

생각의 최전선

쌤이 오랫동안 계셨구나'라고 생각했다.

우리 선생님은 동성애자다. 부산에 양부모님이 계시고 나이 든 제자들도 서울과 부산에 즐비하다. 그동안 한국에는 왜 다시 오지 않았느냐고 내가 물었다. 그의 대답은 '양부모님과 제자들이 너무 보고 싶은데 한국 사회가 너무 보수적이라 자신을 배척할 것 같아 두려웠다'는 고백이었다. 그런데 얼마 전부터 심한 향수병을 앓기 시작했다는 것이다. 그래서 혹시나 하는 마음으로 내게 이메일을 보냈다는 것이다. 나는 한국 사회도 많이 변했고 걱정하는 것만큼 심하게 거부하지는 않을 것이니 가까운 미래에 꼭 한국을 방문하시라고 말씀드렸다.

선생님은 이 세상의 소수자들이 인간으로 존중받는 사회를 만들고 싶다는 소박하면서도 원대한 꿈을 언급했다. 미국의 1950~60년대가 인종적 차별로 인한 소수자들의 투쟁 시대였다면, 21세기 초 미국 사회는 성적 정체성으로 차별받는 소수자들의 투쟁이 시대의 명제가 되었다는 나름의 관점도 덧붙였다. 그 중심에 샌프란시스코라는 도시가 있다. 그로부터 20년이 지난 지금, 미국 사회에는 동성결혼을 합법화한 주가 대폭 늘어났고 연방대법원에서도 헌법상 보장받아야 할 인간의 권리라고 판결

하였다. 성적 정체성을 묻는 항목에도 남성 여성 두 항목만이 아
니라 양성, 그리고 미결정 등으로 선택지가 늘어난 사회가 되었
다. 그의 그런 투쟁의 노력이 측은해 보이기도 했지만, 존경스럽
기도 했다. 그날 선생님을 다시 만난 뒤 썼던 글이 있다. 인간
존재에게 주어진 자유의 의미를 다시 생각해보고 싶었다.

John in San Francisco - 동성애자가 된 스승을 뵙다

Dear John, / 꽃들이 좌우로 잘 정리되어 있더군 / 작은 주택들의 담장
과 대문을 양옆에 끼고 앉은, / 실타래처럼 구불거렸던 언덕에서 말야
/ 현기증이 나진 않았어. / 샌프란시스코는 그렇게 / 적절히 절제된 곳
이니까.

별로 많이 늙지도 않았더군, 그댄. / 그래도 두터운 안경이 제법 / 외로
워 보였어 / 막 패이기 시작한 주름이었을까 / 외로운 안경 때문이었을
까 / 멀리 바다가 언덕까지 솟아오른 / 미려한 도시 속에서 / 그대의 미
소조차 많이 지쳐 보이더군.

삶이란 새로운 짓을 시험해보는 과정일까 / 고달플 거야, 아마 / 늘 새
로워야 한다면. / 새로움은 늘 / 소수(小數)가 문 열어가기 때문에
적은 것은 아름다울까 / 평범하다면 안전할 텐데 / 그대의 굽은 어깨

위로 넘어간 세월조차 / 힘겨워 보이더군.

그래도 그대의 자유가 부러웠어 / 변화는 자유를 향한 집요한 갈구이며 / 소중한 약속이니 / 소수인들 어쩌겠나 / 문명은 여전히 미흡하고 / 광인(狂人)은 감옥에 갇혔으나 / 도시 속 외침은 / 도시 속 메아리로 돌아와 / 자유는 자꾸만 그렇게 / 키워내는 것이니 / 화원에 물 주듯 키워내는 것이니.

- 김기정, 'John in San Francisco' 전문,『꿈꾸는 평화』, 2015

재상봉, 둘

샌프란시스코를 방문한 뒤 6년쯤 지나 2008년이었다. 서울을 방문하겠다는 연락을 받았다. 한국에서 일했던 평화봉사단원들의 재상봉 행사가 예정되어 있다고 했다. 그 첫 번째 그룹으로 서울을 방문하기로 했다는 소식이었다. 평화봉사단의 재상봉은 국제교류재단이 준비해왔던 행사였는데, 그 시점이 절묘했다. 평화봉사단 출신으로 주한미국 대사로 임명된 스티븐스(Kathleen Stevens; 한국명 심은경) 대사가 부임 이후 가지는 첫 행사이기도 했다. 사실, 1961년 케네디 대통령 시절 미국 평화봉사단이 출범한 후 세계 각지로 파견되었던 평화봉사단 중 한국 사례가 가장 성공적이었다는 평가를 받았다. 현지인들과 소통과 상호이해의 정도도 높았을 뿐 아니라, 한국에 파견되었던 평화봉사단원들 간의 네트워킹도 가장 견고하게 유지되고 있었다.

들뜬 마음으로 나름의 몇 가지 행사를 준비했다. 우선, 나의 학부 강의에 초청했다. 특강 제목은 '평화봉사단과 한미관계 역사'였다. 선생님은 내가 정해둔 제목에 아랑곳하지 않고 1970년대 부산에서의 교사 시절을 추억하였다. 중학 시절의 나를 소환하여 짓궂게 놀리기도 하면서 나의 학생들에게 그의 기억을 나누어 주었다. 주한 미국 대사관저에서 열린 재상봉 행사에도 나를 초대하였다. 나의 전공을 고려하여 스티븐스 대사에게 나를 꼭 소개하고 싶다는 작은 희망이었다. 사실 스티븐스 대사도 그녀가 1975년 평화봉사단으로 처음 부임했을 때 현지 적응 교육의 책임자가 우리 선생님이었다. 나와 스티븐스 대사를 두고 '내 학생들 중 가장 자랑스러운 두 사람'이라고 자랑하며 한껏 추켜세웠을 때는 나도 어깨가 으쓱해졌다.

부산으로 가서 진짜 재상봉 행사를 준비해야 했다. 부산에 거주하는 중학교 동창 몇 명에게 미리 연락을 취해두었다. 그리고 이전 사진들을 내게 보내달라고 부탁해두었다. 사진들을 스캔하여 디지털 액자에 넣어 재상봉 기념선물로 준비했다. 선생님은 KTX 열차를 타면서부터 들뜬 모습이 역력했다. 부산 해운대에 있는 중국식당에 열 명 남짓 동창들이 모여 있었다. 선생님과 같이 문을 열고 들어서자 미리 와있던 동창생 중 반장 출신 친구가 벌떡 일어나 구령을 붙였다.

"Attention!" (차렷!)
"Bow!" (경례!)
반장의 구령에 맞춰 참가한 친구들이 중학생 시절로 되돌아가 일제히
"Good Evening, Mr. Finn!!"을 외쳤다.
중학교 시절, 수업 시작 때마다 선생님들께 인사드리는 방식이었다. 거의 40년이 지났지만 우리는 중년의 늙은 중학생이 되어 그 장면을 재현하고 싶었다.

선생님은 우리가 마련한 조촐한 행사 내내 감격을 감추지 못했다. 그가 눈물을 보였는지는 기억이 잘 나지 않는다. 나의 시야가 흐려져 그 장면이 선명하지 않아서다. 때로는 무음 처리된 영상들도 감동을 주는 법이다. 마치 무성영화 같은 장면들도 기억과 느낌만 공유된다면 충분히 감동적인 순간들이다.

좋은 품성으로 살아가려고 분투하는 일 자체가 삶이 우리에게 주는 선물 같은 것이다. 좋은 품성을 가진 한 사람이 힘주어 말하기 시작하면 그 말의 힘이 주변의 사람들에게 꽃의 향기처럼 번져가기 때문이다. 그것에는 인종도, 시대도, 성적 정체성도 아무런 조건이 되지 않는다. 단지 인간의 존재라면 충분하다.

조퇴한 아이들

환갑(還甲), 한 바퀴 잘 돌고 이제 수구초행(首丘初行)의 심정으로 다시 시작을 생각하는 나이다. 그럴 나이에 일찍 우리 곁을 떠나간 친구들이 의외로 꽤 많다는 사실에 흠칫 놀란다. 각자의 사연에는 다 곡절이 있을 것이다. 이 불완전한 세상에서 우리 삶의 행로가 그러하니, 먼저 떠난 아이들이야 오죽하랴 싶다.

민종식이 건네준 명단 중에서 이름 하나를 발견하고 한참 시선을 떼지 못했다.

장현섭. 현섭이를 처음 본 것은 고등학교 1학년 때였다. 대신중학을 나왔다던 현섭이는 깊은 눈을 가진 아이였다. 의젓했다. 16살 또래의 아이들이 가졌을 법한 고민들은 대략 중학교 시절 다 끝낸 것 같은 얼굴이었다. 발랄함보다는 점잖다는 말이 더 어울릴 법한, 웃는 것보다는 사색에 잠긴 듯한 얼굴이 더 눈에 들어왔다. 웃어야 할 상황에서는 파안대소보다는 빙그레 엷은 미소를 흘리는 편이었다. 글쓰기에도 관심이 많은 듯 보였다. 문예반 활동은 같이 하지 않았으나 별 개의치 않는 것처럼 행동했다.

어쩌면 그의 깊은 속에는 고교생 글쓰기쯤이야 이미 다 통달한 영역이라는 자부심이 도사리고 있었는지도 모른다.

　3년을 그렇게 데면데면하고 지냈다. 같은 문과반이었으나 같은 반을 했는지 기억은 없다. 현섭이도 나와 같이 연세대로 진학을 했다. 현섭이가 택한 사회학은 짐짓 그에게 어울리는 전공이었다. 사색과 고뇌의 대상이 개인 영역에서 사회로 확대된 것이니, 그의 진지한 표정과 적절히 어울리는 학문이었다. 가끔 캠퍼스 교정에서 마주칠 때도 그의 깊은 눈은 변함이 없었다. 동창이라는 끈으로 가끔 어울리긴 했으나 서로의 마음을 털어놓을 정도의 친분은 아니었다. 데면데면한 관계는 대학까지 이어진 셈이었다.

　내가 유학을 마치고 돌아와 강사 생활을 할 무렵, 현섭이도 유학을 마치고 돌아왔다. 영국 셰필드(Sheffield) 대학에서 학위를 마쳤다 했다. 서로에게 대견함을 가졌을 것이나, 불안한 미래 구상에 여념이 없었던 30대 중반의 나이인지라 진지한 대화를 나눌 시간도 제대로 갖지 못했다. 보건사회연구원에 자리를 잡았다는 소식을 들었다. 사회학 전공자들의 시장이 만만찮았을 텐데 용케 자리를 잘 잡았다고 부러워했다. 우리는 일상이 분주

했다. 그런 만큼 서로에게는 덜 분주했다.

그러다가 현섭이가 무슨 희귀병에 걸렸다는 소식을 전해 들었다. 그가 그리스도 신학대학교로 직장을 옮긴 후였다. 원인도 알 수 없는, 그냥 희귀병이라 했다. 육체 다른 부위가 늙어가는 속도보다 훨씬 빠른 속도로 뇌가 늙어간다는 병이라 했고, 그 속도가 어마어마 빠른 것이라 했다. 신체 다른 부위는 여전히 젊음의 40대인데 뇌만 어느 순간 90대 노인의 뇌가 되어버렸다고 걱정스럽게 수군거렸다. 무슨 그런 병이 있나 싶었다.

현섭이는 그렇게 세상을 떠났다. 아주 싱싱한 몸을 하고서, 아주 늙어버린 뇌를 머리 안에 가둬둔 채 말이다. 추측건대 광우병이었지 모른다. 80년대 영국이 광우병의 진원지였으니 그랬을 가능성이 없지 않다. 만약 그랬다면 현섭이는 가축의 대량생산에 눈이 멀었던 인간 탐욕에 의해 스러져간 사람이다. 국가의 부실한 검역시스템이 만든 희생자였는지 모른다.

장례식을 치른 후. 몇몇 동기들 간에 현섭이가 남겨 놓은 어린 자식에게 뭔가 도움을 주자는 제안도 있었다. 모금도 했다. 동참하긴 했지만, 목에 걸린 가시처럼 불편하게 남았던 것은 그

와 진지한 대화를 긴 시간 나눠보지 못했다는 자책감 때문이
었다.

인간들 평균수명이 길어졌다. 일찍 간 친구들 때문에 앞으로
우리가 살아야 할 수명도 그만큼 길어졌다. 시인 천상병은 사람
한평생을 소풍길이라 했다. 맑게 웃으며 소풍길 잘 다녀간다고
노래하며 생을 마쳤다. 그렇게 해맑으면 얼마나 좋으랴. 모든 소
풍길이 누구에게나 꼭 같이 즐겁지만은 않을 터이다. 꽃이 핀 들
길을 지나기도 하지만 간혹 소나기도 만난다. 보물찾기, 장기 자
랑하는 공터 나올 때까지는 땀깨나 흘려야 했다.

소풍날 조퇴하는 아이들이 있었다. 버스에서 내려 소풍길 입
구에서 집으로 돌아가는 아이들이다. 탈이 났거나 집에 변고가
생긴 경우였을 것이다. 뭔가 곡절이 있는 아이들이다.
일찍 우리 곁을 떠나간 친구들,
소풍길에서 일찍 조퇴한 아이들이다.

조퇴한 아이들이 간 길을 우리는 채 다 알지 못한다. 돌아갔
다 말하니 원래 있는 자리로 갔다는 의미일 것이다. 원래 있었던
곳이 어디인지, 어떤 곳인지 우리가 가진 세상 지식으로 어찌 다

알 수 있으랴. 다만, 원래의 그곳은 이곳보다 조금은 낮지 않겠는가 막연히 생각한다. 아니라면 험하고 편안한 것의 이분법적 구분도 덧없는 그런 곳일지 모른다.

이 세상에 태어날 때 누구나 상처 없이 태어난다. 그러나 살아가며 상처 입지 않는 사람들은 없다. 우리가 만들어 작동시키고 있는 세상일이란 것이 그렇게 턱없이 못났다. 그러므로 사람이 살아가는 과정은 상처를 주고받으며, 상처가 패어가는 과정이다. 남아 있는 나날들, 먼저 간 친구들이 늘려준 우리들의 수명. 얼마나 더 많은 상처를 안고 살아야 할지 누구도 확신하지 못한다. 불완전한 이 문명 세계에서 누가 무엇을 쉽게 확언하겠는가. 다만, 그들의 죽음이 우리에게 가르치는 것이 있다면 남아 있는 나날에는 더 이상 큰 상처를 내지 말고, 큰 상처 입지도 말고 살아가라는 이치일 것이다. 그저 편안하게 관조하는 삶을 살고, 웃으며 돌아갈 수 있는 준비를 하라는 뜻일 것이다.

조퇴한 아이들.
그들은 우리가 입었던 상처들보다 훨씬 적은 상처를 지닌 채 원래의 곳으로 되돌아갔을 것이다. 그것이 우리가 그들에게 말해줄 수 있는 위안이라면 위안이다. 서투른 위안을 하고 추모사를 쓰는 것조차 그들은 부질없는 것이라며 그저 '허허' 웃고 있을 지도 모른다. 이미 고등학교 1학년 때 인생 고해의 길을 다 알아 버린 듯 표정 지었던 현섭이는 특히.

2015년, 고등학교 졸업 40주년 기념행사가 있었다. 행사를 기획하고 준비한 동기들로부터 '추모의 글'을 요청받아 썼던 글이다.

생각의 최전선

2장

공부의 기억

학문의 자유와 지성적 책임

자유란 소중한 것이다.

인간 삶의 최종 목표도 궁극적 자유를 얻기 위함이라는 주장도 종교적으로나 철학적으로 공감을 자극하는 명제의 하나다.

자유는 두 가지의 속박으로부터 해방이다. 하나는 폭력성을 띤 정치적 억압으로부터의 자유이고, 다른 하나는 '어쩔 수 없다'고 체념하는 이른바 숙명론적 속박으로부터 자유다. 전자는 국가의 탄생 이래 정치 현장의 역사에서 공화적 자유주의 사상을 키웠다. 저항과 투쟁의 실천을 통해서였다. 후자는 인간의 생각과 행동의 자기 결정권이라는 철학적 신념을 배양했다. 영화 '마이너리티 리포트'나 '매트릭스', '트루먼 쇼' 등이 드러낸 주제는 여기에 기반하고 있다.

자유를 향한 신념이 국가와의 관계에서 특별히 존속의 의미를 가졌던 것은 역사 이래 거의 대부분 국가들이 구성원인 개인에 대한 지배와 억압, 복종 강요와 착취라는 속성을 크게 벗어나지 못했기 때문이다. 국가라는 정치적 조직 속에서 국가권력의 전횡에 저항하면서 개인의 사적 영역을 확보하고 확장하려 했던 것이 자유주의 역사이기도 하다. 그 신념은 피와 희생의 역사이기도 했다. 그만큼 치열했다. 가까스로 얻었던 자유의 공간 속에서 개인의 자유를 지키려는 의무와 책임을 다하지 못했거나, 혼란과 다양성을 감내하는 인내심을 포기했을 때 어김없이 그 공간으로 독재, 폭정, 전체주의가 등장했다. 국가가 개인의 사적 영역을 장악해버린 극단의 형태가 조지 오웰의 소설, 『1984』에 묘사되어 있다.

공화적 자유주의는 상업적 자유주의와 더불어 자유주의 사상사의 핵심축이 되었다. 마침내 민주주의와 결합하면서 자유민주주의 신념으로 성장해 왔다. 그러나 오늘날 우리가 신봉하는 자유민주주의가 과연 무오류의 궁극적 이상(理想)인지는 논쟁적이다. 자유민주주의가 여타 이념과 체제적 도전들을 이겨내고 승리를 거두었다고, 그래서 역사의 발전이 마침내 끝났다고 선언되었던 적도 있었다. 그러나 이상을 향한 인간의 여정은 여전히 실천과 논쟁을 통해 진행형이다.

자유를 수식하는 개념들은 실로 다양하다. 다양한 영역에서 자유를 향한 깃발들이 펄럭였다. 루스벨트(Franklin D. Roosevelt)가 제의했듯이, 인간이 누려야 할 네 가지의 자유도 핵심 영역으로 거론된다. 종교의 자유, 표현(언론)의 자유, 빈곤으로부터의 자유, 그리고 두려움으로부터의 자유다. 21세기 초에 이르러 이러한 주장에 크게 이의를 제기할 이유는 없다. 목표는 정해져 있었으나, 실천이 더딜 뿐이다.

학문의 자유도 중요하다. 생각하고 비판할 수 있는 자유이기 때문이다. 그러나 학문의 자유를 주창하려면 깊이 생각해둬야 할 것이 있다. 2021년 하버드대학 램지어(Mark Ramseyer) 교수의 위안부 관련 논문은 사회적 이슈가 되었을 뿐 아니라 국제적 영역에서도 논란거리가 되었다. 한편에서는 국가폭력에 의한 전시 성노예 문제의 시대적 해석을 다시 환기시키고 있고, 다른 한편에서는 학문의 자유라는 기치를 내걸며 그를 변호했다. 단순한 해프닝 수준으로 끝날 일은 아닌 듯하다.

학문의 자유는 학자 개인 차원의 문제만은 아니다. 사회적 문제이고, 지식의 공공성에 관한 질문이기도 하다. 지식의 생산, 계승, 전파의 역할을 하는 학문 공동체에서는 미래를 향한 다양한 상상이 열려 있어야 한다. 특히 국가(정치 권력)와 시장(자본 권력)에 의해 지적 활동이 억압받거나 재단되지 말아야 한다는 측면에서 그러하다. 그래야 지식(사상과 관념), 국가, 시장 사이에 질 좋은 긴장성이 유지되고, 그것에 기반하여 사회의 건강성이 지켜질 수 있다. 인간 사회의 미래가 지금보다 한 걸음 더 앞으로 나아갈 진화의 탄력성을 갖게 된다는 의미다. 그래서 학문에 종사하는 사람에게는 사회적 책임이 묵직하게 주어져 있다. 학문의 자유, 생각과 상상의 자유, 그리고 비판적 시각을 가져야 할 자유는 그러한 책임을 실천하기 위한 토대와 같은 것이다.

그런데 여기에는 덕목이 전제되어야 한다. 주지하다시피 생각과 비판은 사적 영역의 일이다. 어떤 권력도 그것을 들여다보거나 추정하여 재단할 수는 없다. 양심의 자유, 믿음의 자유도 사적 영역에서 발현한다. 그러나 그 생각들이 말과 글로 세상 안으로 들어서는 순간, 그것은 공적 영역의 일이 된다. 생각과 믿음, 가치가 공공적 의미를 가지게 될 때, 학문은 사적 이익과 욕망, 편견을 표현하는 도구가 될 수 없다. 오히려 공공선을 염두에 두지 않으면 안 된다.

더 나아가 학문연구가 인류 보편적 가치에 부합하는지를 고민해야 한다. 최소한, 그 보편성에 노골적으로 역행하는 연구를 학문의 자유라는 이름으로 포장하고 있지 않은지 자문해야 한다. 인종주의, 우생학, 사회진화론 등의 연구가 학문의 자유라는 장막 뒤에서, 혹은 국가권력의 보호를 받으며 스스럼없이 진행되었던 과거를 상기해보라. 폭력 실천이나 노예제도의 억압 효율성을 향상시키기 위한 연구를 진행했다고 그것에 학문의 자유라는 정당성을 부여할 수 있을까. 학문을 직업으로 하는 사람들은 그래서 더 많은 성찰의 능력이 필요하다. '무엇을 연구할 것인가'의 질문은 '무엇을 위해 연구할 것인가'의 질문이기도 하다. 어떤 시선으로 세상을 바라보고 있으며 어떤 관점으로 역사를 분석하고 있는가를 자신에게 끝없이 물어야 한다. 그래서 스스로 찾은 답이 '보편적 가치'에 닿아있을 때 비로소 학문 탐구의 가치를 실현할 수 있을 것이다.

램지어 교수가 이 연구를 시작했을 때 보편가치에 관해 얼마나 깊이 고뇌했는지 판단하기 어렵다. 전쟁 폭력에 대해 '그 당시로서는 어쩔 수 없었다'는 상황론적 성찰조차 드러나 보이지 않는다. 더욱이 엉뚱한 이론과 엉터리 자료로 악용한 것이라 그것을 학문의 자유라고 굳이 방벽을 쳐야 할까 의문이다. 만약 그

생각의 최전선

연구가 국가 폭력성을 은폐하기 위한 것을 내심 목표로 하면서 시작됐다면 더 심각한 문제다. 이를 두고 학문의 자유를 보장해야 한다며 목소리를 높이고 있는 일부 사람들 때문에 더 깊이, 더 겸허하게 학문의 자세를 고민하게 된다. 그것도 지금의 시대가 던지는 화두라면 화두다. 꽤 무거운 고뇌들이다.

같은 제목으로 「전략노트」 6호(국가안보전략연구원, 2021)를 통해 발표했던 글이다.

내가 만난 세 사람의 역사가

세 사람의 역사가들이 나를 만들었다.

정치학을 전공하여 결국 직업이 되었지만, 공부의 시작은 외교사였다. 세 사람의 역사가들 때문에 일순간에 경로가 바뀌었다기보다는 그분들과 만남으로 인해 나의 길이 조형되었다고 표현하는 편이 나을 것이다.

한 분은 김용섭 교수였다. 대학 3학년 때인 1977년, 당시 사학과 석사과정 재학 중이던 셋째 형님의 강권으로 처음 뵈었다. 김용섭 교수는 2년 전인 1975년에 서울대 국사학과에서 연세대 사학과로 자리를 옮겨 한국 농업사 연구와 한국 근대사 강의를 담당하고 있었다. 그의 조선 중기 농업사 연구가 한국 사학 연구에 어떤 위상을 가지는 위대한 업적인지는 시간이 한참 지난 뒤에야 어렴풋이 알게 되었지만, 당시 대학 3학년 학생이었던 나로서는 제대로 알 턱이 없었다. 깊은 인상으로 남았던 것은 그의 연구실 정경이었다. 책꽂이에 빼곡하게 꽂혀 있는 장서의 분량에 우선 압도당했고, 책꽂이 사이의 통로는 너무 좁아 게걸음을 해야 겨우 지나갈 수 있을 정도로 협소했다. 그 연구실에서 김용섭 교수는 문자 그대로 1년 365일 동안 하루도 빠짐없이 연구를 이어나갔다.

4학년 1, 2학기에 걸쳐 그의 한국 근대사 과목을 수강했다. 그의 열정적 강의에 흠뻑 빠져들었다. 머리에 망치를 한 방 얻어맞았다 싶을 정도로 눈이 열리는 듯한 느낌을 받았다. 근대사 흐름의 체계를 잡는 시각 형성에 큰 도움이 되었다. 당시 대학 교과 과정에는 졸업 논문이 있었다. 지금 생각해보니 학부 4학년생의 '논문' 수준은 유치하기 짝이 없었을 것이다. 읽었던 책이나 논문의 이곳저곳 부분들을 잘라 붙이는(cut-and-paste) 베끼기 정도에 불과했다. 그나마 제목은 그럴듯하게 붙였다. '한말 한반도 중립화 방안에 관한 연구'였다. 유길준의 중립화론에 대한 강만길 교수의 글을 대부분 인용했을 것이다. 그 논문을 김용섭 교수께 보여드렸다. 그런데 뜻밖에 호평을 받았다. 대학원에 진학해서 공부를 계속하라는 권유는 그때 처음 받았다.

군대에서 전역한 뒤 유학을 준비할 때였다. 김용섭 교수를 찾아뵙고 유학을 생각 중이라고 말씀드렸다. 그때 두 가지 당부의 말씀을 하셨다. 하나는 미국이 아니라 영국으로 유학지를 정하는 것이 좋겠다는 것과 국제정치학을 공부하되 내가 학부 때 관심을 가졌던 19세기 말과 20세기 초 한반도 국제정치에 지속적 관심을 가지라는 말씀이셨다. 20세기가 미국 패권의 시대라면 19세기는 영국의 시대였다. 패권의 중심에서 밀려난 국가의 시선에서 국제정치를 바라볼 필요가 있다는 말씀이었다. 미국 중심의 국제질서에 대한 객관적, 입체적 시각을 익힐 필요가 있다는 논지였을 텐데, 이 권고는 내가 실행에 옮기지 못했다. 영국 유학의 경비가 만만찮았기 때문이다. 대신 두 번째 약속은 나름 잘 지켰다고 자부한다. 나의 박사 논문 제목이 '세계체제의 구조적 조건과 20세기 초 미국의 대한(對韓) 정책'이다. 1905년 을사늑약이 체결되자마자 한국과 가장 먼저 외교를 단절했던 국가가 미국이다. 그 당시 미국 외교정책을 19세기 말 제국주의 팽창과 변동의 맥락 속에서 설명하려 했던 글이다.

나를 움직인 두 번째 역사가는 미국 유학 시절 나의 지도교수였던 클리포드(J. Garry Clifford) 교수다. 미국 정치학계에서는 20세기 중반 행태주의 사조가 유행하면서 역사학과 정치학의 간극이 최대한 벌어지기 시작했다. 과학적 방법론과 전통적(역사적) 방법론과의 치열한 논쟁이 벌어지기도 했다. 정치사, 외교사 과목은 대학 커리큘럼에서 거의 사라졌고, 역사학자가 정치학과에 재직하는 경우는 극히 희귀한 일이었다. 그런데 클리포드 교수는 미국 외교사 분야에서 워낙 탁월한 역사학자였다. 그의 저서, *The Citizen Soldiers*는 미국 모병제도 변천사에서 주목해야할 시대, 1차대전 직전부터 시작되었던 군 혁신 운동사를 다루었던 저작이었다. 미국 외교사 과목을 수강하면서 그의 지도를 받는 계기가 되었다.

박사과정 진학 후 얼마 후의 무렵이었다. 대학 도서관에서 20세기 초 미국 대통령 시어도어 루스벨트(Theodore Roosevelt) 문서를 마이크로 필름으로 구입하게 되었다면서 이 자료를 활용하여 박사학위 논문을 작성해보라고 제안했다. 흔쾌히 그러겠다고 대답했더니 마치 자기 일인 양 기뻐했다. 루스벨트가 주고받은 편지, 메모, 일기 등을 담은 문서의 양은 실로 방대했다. 릴(reel) 개수가 거의 500개에 달했다. 문서 인덱스만 3권의 책으로 정리되어 있었다. 루스벨트 시기 외교정책에 관한 2차 자료부터 통독하기 시작하여 대통령 문서로 접근해야 했다. 20세기 초 미국 외교사의 스토리를 재구성을 하는 일에는 꽤 오랜 시간이 걸렸다. 그 자료만으로는 입체적 분석이 불가능했다. 그런데 클리 포드 교수는 루스벨트 문서와 관련된 다른 1차 사료들의 소재를 소상하게 꿰뚫고 있었다. 그의 권고대로 예일대학 도서관 고(古) 문서실, 뉴욕공공도서관 문서실도 찾아갔다. 프린스턴대학이 소 장하고 있었던 역사학자 빌(Howard Beale)의 연구자료도 참고했 다. 빌은 루스벨트 분석의 1세대 학자였다. 1930년대 빌이 루스 벨트 행정부 관계자들과 인터뷰했던 기록이 연구자료에 남아 있 을 것이라며 그 자료도 반드시 찾아볼 것을 권고했다. 도서관 간 자료교환(inter-library loan) 서비스를 적극 활용해 보라고 아이디 어를 줬던 것도 지도교수였다. 외교사 연구방법론은 말할 것도 없었고 역사학도로서 가져야 할 지적 호기심과 상상력의 중요성 도 일깨워 주었다.

2014년 대학 도서관 앞에서 갑자기 쓰러져 운명했다는 소식 을 듣고 한동안 멍해졌던 기억이 난다. 벌써 8년 전 일이다. 내 가 교수로 채용되었을 때 나를 위해 써주셨던 추천서를 보게 되 었는데, 면구스러울 정도로 나의 능력을 칭찬한 글이어서 고맙 기도 했고 쑥스럽기도 했다. 1996년 다시 그를 만나러 학교를 방문했을 때도 너무 환하게 웃으며 반가워했는데 갑자기 세상을 떠났다는 사실을 믿기 힘들었다. 대학원 재학시절, 그의 저서를 선물 받았던 적이 있다. 나의 학업을 독려하기 위해서였을 것이다. 그 첫 장에 써 주셨던 글귀, "With Best Wishes on his own *magnum opus*", 자신의 저작처럼 나도 언젠가 걸작(傑作 *magnum opus*)을 한번 써보라는 격려였다. 그의 희망대로 내가 좋은 책을 썼는지는 정말 자신하기 힘든 부분이다.

나를 만들었던 세 번째 역사가는 연세대 사학과 교수로 봉직했던 김도형 교수다. 나와는 특별한 관계의 역사학자다. 동향(同鄕)이며, 같은 초등학교, 같은 중·고등학교를 졸업했다. 부모님도 같은 분이니 특별할 수밖에 없는 사람이다. 세 살 차가 나는 나의 바로 위 형님이다. 우리는 중·고등학교를 부산에서, 대학은 서울로 진학했기 때문에 학창시절 가장 오랜 시간을 함께 보냈다. 어린 시절에는 몸집도 비슷했던지라 다투기도 꽤 다투었지만, 학창시절 가장 많은 시간 대화를 나누어서 그런지 아무래도 지적(知的) 영향을 가장 많이 받았다. 형님이 서울대 국사학과 4학년 재학 시, 내가 대학 입학을 하게 됐는데 정치학을 전공하겠다는 대학 신입생 동생을 앞에 앉혀두고 역사 공부의 중요성을 누누이 강조하곤 했다.

김용섭 교수를 만나 뵙고 강의를 듣게끔 손을 이끌었던 사람도 형님이었다. 외교사 관련된 학부 졸업 논문 쓰겠다고 끙끙대는 동생을 위해 온갖 자료들을 찾아주기도 했다. 이론이나 모델만 앞세우는 정치학 학문 경향을 이겨내고 역사학 방향으로 동생의 공부를 유도하려는 것이 목표였다면 그의 기획은 거의 성공한 셈이다. 그런 책임감 때문이었는지 나의 유학 기간 중에도 논문 집필에 필요할 것이라며 한국 근대사와 관련된 각종 자료들을 미국으로 보내주기도 했다. 두툼하고 무거운 『구한말외교문서』도 국제 소포로 받았다. 학위를 무사히 마칠 수 있었던 것도 형님으로부터 받은 관심과 도움이 컸다. 귀국 후에도 역사학계와 연결고리가 되어 주었다. 정치학 전공자가 역사학 학술지에 논문을 게재할 수 있었던 것도 그의 도움이 아니었다면 엄두도 내지 못했을 일이었다. 같은 학술서적에 형제가 나란히 저자로 참여했던 적도 있었는데, 후일 나를 학문의 도반(道伴)이라 불러 줄 때는 못난 동생의 머리를 쓰다듬어 주는 것 같아 은근히 기분이 좋기도 했다.

같은 대학에서 동료 교수로 재직했던 것도 신기한 일이고 이 또한 선연(善緣)일 것이다. 학교 대표단의 일원으로 함께 북한을 방문하여 남북한 역사학 토론에 참여한 적이 있었다. 2005년이었다. 그 방문 행사의 하나부터 열까지 모든 일을 주관했던 것이

나의 형님이었다. 꼼꼼하고 빈틈없는 기획이었다. 덕분에 나로서는 북한 실상을 눈으로 확인할 수 있는 기회가 되었다. 가끔 나의 외교사 강의에 특강으로 초빙하여 부르기도 했고, 역사에 관심을 보이는 학생들에게는 그의 강의를 수강하도록 권하기도 했다. 대면하여 존경심을 드러내는 일이 왠지 쑥스러웠으나 내가 학교 보직을 맡고 있던 동안 대학 역사 특강에 늘 첫 강사로 초청하는 일을 계속했으니 나의 마음 정도는 헤아렸으리라 짐작한다.

학문에 대한 태도는 나보다 몇 곱절 진지하다. 그 진지함이란 것이 역사학이라는 다소 고루한(?) 학문 분야 때문이라고 놀리고 싶으나, 타고난 그의 성품에서 비롯된 것임을 누구보다도 잘 안다. 성격과 기질도 나와 매우 다르다. 학문연구에 대한 열정도 그래서 내가 따라잡기 어렵다. 굳이 평면적 비교를 하자면, 나는 관심 분야의 지평을 옆으로 확장했고, 김도형 교수는 한층 깊게 역사학 학문연구에 천착했다. 동북아역사재단 이사장직을 마지막으로 공직과 교직에서 모두 은퇴했다. 아직도 그의 머릿속에는 역사 연구와 관련된 각종 생각들로 그득할 것이다. 오늘의 현상을 긴 역사의 시선으로 봐야 한다는 원리, 그래야 미래를 열어가는 전략도 가능할 것이라는 평범하고도 위대한 진리를 체득한 것은 모두 나의 형님 덕분이다. 60대 중반이 넘어선 나이가 되어서도 나는 아직도 그로부터 많은 것을 배운다.

가쓰라-태프트(桂-Taft) 밀약에 관한 생각

한국 외교사에 중요한 의미를 가진 장면들이 있다. 1905년 7월에 있었던 미국과 일본의 합의가 그중 하나인데, 이름하여 가쓰라-태프트 밀약이다. 우리나라 역사 교과서에도 기록되어 있어 역사에 특별한 관심이 없다 하더라도 웬만한 한국 국민들은 대부분 아는 사건이다. 정치 현장에서도 간혹 이 사건이 소환되고 거론되는 때도 있다. 일본 제국주의 침탈에 대한 비판은 물론, 한국에 대한 미국의 태도를 비평적으로 반추하는 경우다.

1882년이 한미관계의 공식 시작점이라고 본다면, 2022년은 꼭 140년이 되는 해다. 지리적으로 인접한 중국이나 일본을 제외하고 보면, 미국만큼 한국 외교사에 특별하게 영향을 미쳤던 국가는 드물다. 긍정적, 부정적 의미 모두에서다. 특히 1882년부터 1905년에 이르는 기간 동안 미국이 한국인들에게 남긴 이미지는 썩 좋은 편이 아니다. 결과적으로 그랬다. 초기의 기대감이 결국에는 실망감으로 바뀌었다. 한국의 연미(聯美) 전략과 중국 문호개방정책으로 상징되었던 미국의 동북아 전략 사이에 접점을 찾는 것에 실패한 역사였다. 한국(조선)의 국제법적 주권을 제일 먼저 인정한 국가가 미국이었으나, 을사늑약 이후 한국을 가장 먼저 버린 국가도 미국이었다. 1905년 가쓰라-태프트 밀약은 미국의 당시 행보를 가장 잘 보여준 사건이었다.

밀약의 배경과 주요 내용

1905년 7월 27일, 미국 육군성(Department of War) 장관이었던 윌리엄 태프트(William H. Taft)는 일본 동경을 방문하여 일본 수상 가쓰라 타로(桂太郎)와 장시간 회담을 했다. 태프트는 당시 대통령이었던 루스벨트(Theodore Roosevelt)의 후임 대통령으로 당선되었고, 대통령을 지낸 후 연방대법원 판사로서도 공직 활동을 했던 인물이다. 7월의 회담 내용 일부는 1905년 10월경 일본 신문 고꾸민(國民)의 지면을 통해 흘러나오기도 했으나, 회담 내용이 구체적으로 무엇이었는지는 누구도 알 수 없었다. 그로부터 거의 20년이 지나 1924년에 가서야 그 내용과 실체가 알려졌다. 회담 전문은 1924년 미국 외교사학자 타일러 데넷(Tyler Dennett)이 발표했던 '시어도어 루스벨트의 대일 비밀조약'(Theodore Roosevelt's Secret Pact with Japan)이라는 논문으로 비로소 세상에 알려졌다. '밀약'이라는 말은 데넷의 글 제목으로부터 비롯되었다. 한국의 운명이 결정된 역사적 사건임에는 분명하나 해석을 두고 몇 가지 논쟁점들은 여전히 남아있다.

일본은 이 회담이 왜 필요했을까? 우선, 1905년 7월의 동북아 국제정치 상황을 살펴볼 필요가 있다. 1904년 2월 발발했던 러일전쟁은 한반도와 만주에서의 지배권을 놓고 러시아와 일본 두 국가가 격돌했던 전쟁이었다. 제국주의 국가들이 벌인 전형적 전쟁이었다. 개전 1년 후, 일본은 난공불락의 요새로 알려졌던 러시아 점령지 여순(旅順)을 함락시켰고, 3월에는 봉천(奉天, 오늘날 심양 瀋陽)의 육전(陸戰)에서도 이겨 전쟁의 승기를 잡았다. 곧이어 5월에는 당시 세계 최대 규모라고 알려졌던 러시아의 발틱함대를 동해상에서 격파하였다. 그 시점, 막대한 군사적 손실을 입은 러시아는 말할 것도 없었지만, 일본 또한 더 이상 전쟁을 할 수 있는 여력이 없었다. 국가 역량이 바닥났던 것이다. 일본으로서는 전쟁 종결을 위한 외교적 중재를 비밀리에 모색했는데, 그 대상이 미국이었다. 일본이 목표로 했던 것은 한반도에 대한 일본의 독점적 지배권을 외교를 통해 인정받는 것이었다. 그 과정에서 러시아나 영국에 앞서 일본이 가장 먼저 접근했던 국가는 미국이었고, 가쓰라-태프트 밀약은 그러한 일본의 요청에 미국이 호응한 결과였다.

데넷의 논문은 회담 직후 태프트가 루스벨트 대통령에게 보낸 비밀 전문을 싣고 있다. 이 전문에 의하면 가쓰라-태프트 밀약은 세 가지 내용을 담고 있다. 하나는 당시 미국의 점령하에 있었던 필리핀에 대해 일본은 어떤 공세적 의도를 가지고 있지 않다는 점을 확인한다는 것이었다, 두 번째 논의 사안은 미-영-일 삼국 협력에 관한 것이었다. 일본 측은 기존 영일동맹에 미국을 포함하여 삼국 간 '비공식 동맹'을 제안했고, 태프트는 미국이 의회의 승인 없이 '조약 의무'를 가지는 것이 불가능하다는 점을 밝혔다. 그리고 세 번째 사안이 한국 문제였다. 일본의 한국에 대한 지배권이 러일전쟁의 논리적 귀결이라는 일본의 의견을 미국이 인정한다는 것이었다.

밀약에 나타난 한국 처리 방식

이날 회담에서 가쓰라는 "한국이 일본과 러시아 간 전쟁의 직접적 원인이 되었다"는 점을 지적하였고, "한국 문제의 완전한 해결이 전쟁의 논리적 결과이며 이는 일본에게 실로 중대한 문제"임을 밝혔다. 전형적인 제국주의 침략 논리였다. 한국 때문에 러시아와 전쟁을 했다는 것인데, 그래서 이것의 완전한 해결, 즉 보호국이나 식민지를 만들어야 문제가 완전히 해소된다는 제국주의 논리였다. 침략의 구실로 그 나라 정치 불안정 상황이나 국내적 소요를 거론했던 것은 당시 제국주의 국가들이 자주 애용하던 논리였다. 이를테면 한국 내 치안과 행정이 부실하여 개혁이 필요하다는 이유를 내세우기도 했고, 영일동맹처럼 중국이나 한국에 반(反)제국주의 저항 같은 사건이 일어나면 이를 진압하기 위한다는 명분으로 출병을 공식화한다는 식이었다. 열강들은 이런 행동을 정당한 것으로 서로 인정하기도 했다.

가쓰라의 다음 언급은 더 노골적이었다. 그는 "만약 전쟁 이후에도 (아무런 조치 없이) 한국 스스로에게 맡긴다면 한국은 또다시 다른 국가들과 협정이나 조약을 맺어 전쟁 이전과 같은 복잡한 상황을 재발시킬 것이므로 일본은 이러한 상황의 재발 가능성을 막기 위하여 모종의 확실한(definite) 조치를 취해야 한다는 생각을 하고 있다."고 발언했다. 청일전쟁 이후 조선(대한제국) 정부의 외교가 러시아 쪽으로 경사했던 것은 사실이다. 조선 나름의 균세 전략의 실천이었다. 조선은 일본의 영향력을 견제하기 위하여 안간힘을 쓰고 있었다. 친러파 정부가 등장하였고, 러시아공사관으로 고종이 거처를 옮기기까지 했다. 친미파 그룹의 등장도 일본 견제의 목표와 무관하지 않았다. 19세기 말 당시, 대표적 친미파 인물이 이완용이었다.

가쓰라가 언급한 '모종의 확실한 조치'가 한국의 외교권 박탈을 의미한다는 것을 태프트는 명백하게 이해하고 있었다. 태프트는 가쓰라의 '논리적 정당성'에 동의하면서 "한국이 일본의 동의 없이 외국과 조약을 맺지 못하게 요구하는 범위에서 일본의 군대로써 한국에 대해 지배권(suzerainty)을 확립하는 것은 전쟁의 필연적 결과이며, 극동의 항구적 평화에 직접적으로 이바지할 것"이라고 일본의 손을 들어 주었다. 일본의 한국 국권 침탈 행보에 미국이 동참했던 것이다. 1882년 이래 연미책에 기대를 걸었던 대한제국의 한미관계는 그 지점에서 파열되었다.

미국의 목적은 무엇이었을까? 우선은 1903년 이래 미국의 동아시아 정책은 일본으로 기울고 있었다. 최고 정책결정자 루스벨트(Theodore Roosevelt) 대통령부터 전형적 제국주의자 세계관을 가진 사람이었다. 게다가 본인 스스로 러시아보다는 일본에 대해 친밀감을 가지고 있다고 밝혔던 인물이었다. 무엇보다도 중요한 요인은 미국의 대중 문호개방정책이 일본의 후원으로 잘 지켜질 것이라는 기대감 때문이었다. 이른바 희망 섞인 기대감(wishful thinking)이었다. 당시 미국의 주된 관심사는 중국 시장이었다. 이미 1899년, 1900년 두 차례에 걸쳐 미국은 중국 문호개방원칙을 천명해 놓고 있던 터였다. 즉, 군사적 개입이라는 비용을 부담하지 않으면서 중국 시장에서 미국의 경제적 이익이 보전되기를 원했다. 문호개방정책에 대해 일본은 외교적 지지를 보내고 있었던 반면, 의화단 사건 이후 러시아의 만주 진출은 문호개방원칙에 대한 도전이라고 인식하고 있었다. 따라서 루스벨트는 일본의 대러 전쟁을 "미국의 게임을 일본이 대신하고 있는 것"으로 간주할 정도였다. 그러나 그로부터 불과 3년이 지나지 않아 일본이 만주로 진출했고 러시아와 협력을 도모하면서 미국을 공동의 적으로 간주하게 될 것으로는 꿈에도 상상하지 못했을 것이다. 1910년 이후 만주와 중국 시장에서 형성되기 시작했던 일본과 미국의 갈등 구조는 뒷날 태평양전쟁의 원인(遠因)이 되었다.

맞교환?: 가쓰라-태프트 밀약의 논쟁점

언급했듯이, 한국에 대한 미국 외교정책의 역사에서 가쓰라-태프트 밀약이 1차 파열 지점이 된 것은 명백하다. 그러나 그것이 미국과 일본이 한국과 필리핀을 상호 교환하는, 이른바 '외교적 맞교환'(주고받기 흥정 *quid pro quo*)이었는가는 다른 문제다. 맞교환은 제국주의 외교에 자주 등장하는 방식이긴 했다. 서로의 독점적 이익권을 서로 인정해 주는 방식이다. 맞교환에는 등가(等價)가 핵심이다. 이 밀약의 대화에서 가쓰라가 일본은 필리핀에 대해 어떤 공세적 의도를 가지고 있지 않음을 표명하기는 했다. 그러나 그것을 두고 미일 양국이 한국과 필리핀을 '맞교환했다'고 단정하는 해석은 다소 무리다.

당시 필리핀 지배 과정에 있어 미국의 입지와 일본의 한국에 대한 위상은 서로 달랐다. 맞교환으로 규정하기 적절하지 않았다는 의미다. 적어도 미국의 입장에서 보면 그랬다. 일본으로서는 한국 지배권을 국제적으로 승인받는 것이 절실했고, 반면 미국은 1898년 이래 이미 필리핀을 군사적으로 점령한 상태에서 반군 토벌 작전을 진행하고 있었다. 양국 입장이 달랐고, 따라서 사안을 대하는 인식이 서로 달랐다. 가쓰라-태프트 회동 3개월

생각의 최전선

후 태프트의 방일이 외교적 흥정을 위한 목적이었다는 소문이 일본 신문에 실리게 되자 루스벨트 본인은 상당히 불쾌감을 토로한 바 있었다. 미국은 "(필리핀에서 미국의) 영토보전을 위해 누구의 지원이나 보증을 필요로 하지 않는다."고 언급하였다.

각서 혹은 협정?

또 하나의 논쟁점은 가쓰라-태프트 밀약이 협정(agreement)의 성격을 띠고 있는지, 아니면 단순한 의견교환, 즉 각서(memorandum)로 보느냐의 문제가 있다. 태프트 장관이 회담 직후 루스벨트에게 보낸 전문에는 이 회담의 성격을 '합의각서'(agreed memorandum)로 규정하고 있다. 이 논쟁이 중요한 이유는 한국과의 조약에 대한 법적 의무와 관련이 있다. 법적 의무란 미국이 1882년 조미수호조약에 명기된 우호적 중재(good office) 의무를 의미한다. 미국은 제3국으로부터 한국이 침탈 대상이 되는 상황을 방지할 의무가 있다는 것이 우호적 중재 조항이다. 일부 학자들은 만약 그것이 단순히 각서라면 미국은 법적 의무를 위반한 것이 아니라고 주장한다. 그러나 합의 또는 (데넷이 주장하듯) 협약이었다면 문제는 다르다.

태프트 자신도 한국 문제에 관한 그의 의견 표명에 대해 신중한 태도를 보였다. 그 자신도 법률가 출신인지라 조약 의무 위반을 염두에 두고 있었는지도 모른다. 그는 가쓰라에게 '루스벨트 대통령으로부터 어떠한 지시도 받은 바 없으며', 그의 의견은 (외교문제에 관한 한) 태프트 자신이 '어떤 직권도 갖고 있지 않다'는 사실, 그럼에도 불구하고 '그의 의견을 루스벨트 대통령이 동의할 것'이라는 점을 언급하였다. 뒤에 밝혀진 것이지만, 사실 태프트의 발언을 통해 드러낸 미국의 의도는 루스벨트 대통령의 지시가 명백했다.

이 비밀협상을 단순히 각서교환으로 간주해야 한다고 주장하는 사람들은 그것을 비밀에 부쳤다는 점, 회담 내용상의 표현, 그리고 구체적인 외교적 거래를 명시하고 있지 않다는 점을 논리의 근거로 내세우고 있다. 반면, 그 비밀협상이 실제로 협약의 성격을 띠고 있었다고 주장하는 학자들의 주장은 그것의 형식보다는 그 내용을 당시 국제정치적 배경에서 봐야 한다고 주장한다. 이를테면 비밀협상의 실질적 의미, 즉 일본과 미국의 정책결정자들이 그 회담을 어떻게 인식하고 있었으며, 협상 이후 미국의 한국 정책이 실제 어떻게 수행되었는가의 관점에서 평가되어야 한다는 것이다. 더욱이 최고정책 결정자 루스벨트 본인의 인

생각의 최전선

식과 판단이 더 중요하다. 한국 문제에 관한 태프트의 발언에 대해 루스벨트는 "우리의 입장이 더 이상 그렇게 정확하게 언급되기는 어렵다."면서 가쓰라–태프트 밀약이 미국의 대한(對韓) 정책 실천과정에서 가지는 의미를 그렇게 규정하였다.

루스벨트의 기획 의도

루스벨트는 당시 미국 외교정책 결정의 핵심이었다. 1903년 여름 이후 미국 외교정책은 사실상 그가 주도해가고 있었다. 그는 '일인 국무성'이라고도 불렸다. 태프트는 회담에서 대통령으로부터 아무런 지시도 받지 않았다고 밝히고 있으나 그것은 사실이 아니었다. 태프트를 일본으로 보내기 전, 루스벨트는 한국 문제에 관해 자신의 의도가 무엇인지 태프트에게 명백한 표현으로 전달했다. 1905년 4월 20일에 태프트에게 보낸 편지에서 루스벨트는 "일본이 한국을 지배한다는 조항이 포함되는 한 나는 강화조약의 일본 측 안에 전적으로 동의한다."라고 썼다. 그것은 사전 지시나 다름없었다. 일본의 한국 지배를 미국이 앞서서 적극적으로 추진하고 있었다는 사실이 잘 드러난 대목이다. 대통령의 이러한 의사를 확인한 것이 가쓰라–태프트 밀약이었다. 더욱이 루스벨트는 태프트가 보낸 전문을 읽고 난 즉시 태프트에게 회신을 보냈다. "당신이 가쓰라 백작과 나눈 대화는 모든 면에서 절대적으로 타당하다. 귀하의 발언을 내가 추인하는 바임을 가쓰라에게 언급해주길 바란다."고 회신했다.

더욱 중요하게 주목해 봐야 하는 점은 그 밀약의 국제정치적 실제 의미를 루스벨트 자신이 어떻게 간주하고 있었느냐다. 1905년 11월, 그의 친구이자 영국 외교관이었던 스프링라이스 (Cecil Spring-Rice)에게 보낸 편지에는 다음과 같은 표현이 있다. "나의 지시에 의하여, 태프트가 가쓰라와의 회담에서 재차 강조한 것은, 구체적으로 영일동맹에서 명기하고 있고, 또한 포츠머스(Portsmouth) 조약에서 인정된 한국에 대한 일본의 입장을 우리는 전적으로 승인했다는 점이다." 루스벨트에게는 가쓰라-태프트 밀약이 일본의 한국 지배에 관한 국제적 승인이란 점에 있어서 제2차 영일동맹이나 포츠머스 강화조약과 '동일한 수준'의 중요성을 가지는 협정이었다. 영국과 러시아가 그들의 조약을 통하여 그렇게 했듯이, 루스벨트도 이 밀약을 통해 일본의 한국 지배를 '승인'했던 것이다. 적어도 그의 인식 구도에서는 그러한 등식이 작동하고 있었다.

루스벨트 외교방식의 특징도 고려해야 한다. 그는 공적인 외교 채널보다는 사적 채널을 중시했던 소위 개인외교(personal diplomacy) 방식을 선호했던 인물이었다. 1905년 미국의 한국 외교에도 그 방식이 채택되었다. 사실 태프트의 협상 임무에 대해 국무성 관료들은 철저히 배제되었다. 루스벨트 대통령은 1905년 한국과 관련된 대일 외교를 추진함에 있어 교묘하게 국무성을 배제했다. 국무성 관료들 일부가 가지고 있었던 친러적 정서에 대한 우려 때문이었을 것이다. 국무성에는 태프트 방일과 회담에 관한 어떤 기록도 남기지 않았으며, 루트(Elihu Root) 국무장관이나 주일공사 그리스콤(Lloyd Griscom)도 뒷날까지 그 내용을 전혀 모르고 있었다. 역사학자 데넷이 '루스벨트의 비밀조약'이라고 제목을 달았던 것도 그러한 연유였다.

가쓰라-태프트 밀약이 한미 양국 관계에, 그리고 한국의 운명에 심대한 충격을 주었던 것은 의심할 수 없는 사실이다. 각서냐 협약이냐의 문서 형식이 문제가 아니다. 의도와 기획, 행위가 본질이다. 이승만의 전기 작가로 잘 알려진 올리버(Robert T. Oliver)의 표현에 의하면, 그 밀약은 "한국 사망 증명서에 서명(to seal Korea's death warrant)"하는 과정이었다. 한국의 존립에 관하여 미국과 일본의 고위층 간에 의견을 교환하고 이를 서로 확인했다는 점은 미국 정부가 1882년의 한미수호조약에 명시된 '우호적 중재'의 조약 의무를 무시하기로 이미 결정하고 있었다는 사실을 말해준다. 고종과 대한제국 정부는 이 사실을 알 리가 없었다.

1905년 9월 한국을 방문했던 루스벨트의 딸, 앨리스(Alice Roosevelt)를 '미국의 공주'라며 극진히 환대했을 정도로 고종은 미국에 대한 기대감이 컸다. 심지어는 을사늑약 직전 고종은 미국에 밀서를 보내기로 결심했는데, 그 밀서에는 '한국이 누군가의 지배를 받아야 한다면 (일본의 단독 지배가 아니라) 미국의 공동지배(joint control)를 받기를 원한다'라고 적었을 정도였다. 그러나 미국은 철저히 일본 의도대로 움직였다. 1905년 11월 을사늑약이 맺어지자마자 미국이 한국과 외교 관계를 단절한 첫 국가가 되었다는 것은 가쓰라-태프트 밀약의 내용을 외교적 실행에 옮겼던 절차에 불과했다.

"가쓰라-태프트 밀약의 진실"이라는 제목으로 「신동아」(2005. 10)에 발표했던 글을 고쳐 썼다.

생각의 최전선

판데목과 토고 헤이하치로(東鄉平八郎)

통영에는 판데, 판데목이라는 지명이 있다. 통영에서 삼천포 방향으로 빠지는 좁은 수로가 놓인 동네의 이름이다. 1927년에 착공하여 32년에 완공된 동양 최초의 해저터널이 이곳 판데목에 있다. 판데목 아래의 땅을 파서 육지와 미륵도를 연결했다. 좁은 수로인지라 물살이 빠르다. 그래서인지 판데목과 그 위에 놓인 충무 운하교에서 통영 바다를 보면 바다가 마치 강처럼 흐르고 있다는 느낌을 주는 곳이기도 하다.

토고 헤이하치로(東鄉平八郎)와 러일전쟁

토고 헤이하치로(東鄉平八郎)는 야마모토 이소로쿠(山本

五十六)과 더불어 일본 근대 해군사에서 가장 주목받았던 두 명의 제독 중 한 명이다. 야마모토는 태평양전쟁 개전, 진주만 공습 작전의 주역이었다. 야마모토의 이름이 특이한 것은 그의 아버지가 56세에 낳았다고 해서 이소로쿠(五十六)이라는 이름을 갖게 되었다는 점이다. 그의 모친도 45세의 고령이었다. 토고는 1848년생이니 1884년생인 야마모토보다 한 세대 앞의 인물이다. 사츠마번(薩摩藩, 오늘날 카고시마 鹿兒島) 출신으로 청일전쟁에도 참전했고 러일전쟁 때는 일본 연합함대를 지휘한 사령관이었다. 1905년 5월, 당시 세계 최대 함대였던 러시아의 발틱함대를 동해에서 격파하여 러일전쟁의 승기를 잡았던 인물이었다.

발틱함대는 이름 그대로 유럽 북부 발틱해에 근거지를 둔 러시아 최정예 함대였다. 1904년, 일본의 기습공격으로 러일전쟁이 발발하자 러시아 정부는 로제스트벤스키(Zinovy Rozhestvensky) 제독이 지휘하는 발틱함대를 동북아 전장으로 파견하기로 결정한다. 최종 목적지는 블라디보스토크였다. 그런데 당시 일본과 동맹을 맺고 있었던 영국이 수에즈 운하를 장악하고 있어서 발틱함대의 주력 함단(艦團)은 수에즈 운하를 통과하는 최단거리 운항이 불가능했다. 그래서 아프리카 남단 희망봉을 돌아 목적지 블라디보스토크로 향했는데, 이동 거리는 거의 3만 킬로에

달했고, 시일도 7개월이 넘게 걸렸다. 지구를 거의 반 바퀴를 돈 셈이었다.

　일본 측은 발틱함대의 동파(東派)를 당연히 잘 알고 있었다. 토고는 발틱함대가 블라디보스토크에 이르기 전 마지막 진입 지점이 대한해협일 것이라고 예상하고 있었다. 실제 발틱함대의 로제스트벤스키 제독은 다른 우회 항로를 고려하기는 했으나, 항해 기간 등 여러가지를 고려한 끝에 토고가 예상했던 대로 대한해협 진입으로 루트를 결정했다. 그리고는 동해에서 기다리고 있었던 일본 연합함대와 결전을 치렀다. 우리는 대마도(對馬島) 해전이라고 부르고 일본에서는 일본 해전이라고 부른다. 토고는 대마도 해전에 대비하면서 동해상 주요 거점에 망루를 세우는 등 전투 준비를 갖췄다. 그 시기에 독도를 일본 영토로 편입하는 조치를 취했던 것은 널리 알려진 사실이다.

　이 전투에서 토고의 연합함대가 승리하면서 러시아가 전쟁 양상을 반전시킬 계기는 사라졌다. 1905년 초, 러시아가 주둔하고 있었던 여순이 함락되었고 심양에서의 육전에서도 패퇴한 뒤였다. 전투에서 이긴 토고는 일본의 국민 영웅이 되었다. 전투에서 승리를 거둔 뒤, 어떤 기자가 토고를 한껏 칭송했다. "당신은 영국의 넬슨(Horatio Nelson) 제독이나 조선의 이순신 제독과 비견할만한 명장이 되었다."라고 언급했다. 그러자 그가 대답했다는 말이 "나를 넬슨 제독과 비견하는 것은 이해하겠으나 이순신 제독과는 비교하지 말라." 그러면서 덧붙이기를 "나는 이순신 제독의 발끝에도 미치지 못하는 사람이다."라고 답했다는 것이 야사(野史)로 전해진다.

토고와 이순신

만약 실제 그렇게 대답했다면 왜 토고는 이순신 장군에 대해 그렇게 겸손한 태도를 취했을까? 임진왜란 당시 일본 수군이 이순신의 조선 수군을 단 한 차례도 이기지 못했다는 것은 일본에도 널리 알려진 사실이었다. 치를 떨었을 것이다. 그러니 후대의 일본 해군 장병들이 이순신 장군에 대해 두려움과 동시에 무한한 경외심을 가질 만하다. 그런데 토고에게는 그것 말고도 한 가지가 더 있었다. 발틱함대를 상대로 승리를 거둔 전법은 T자 진형의 전법, 혹은 정(丁)자형 전법이라고 불렀다. 발틱함대가 진행하는 진로 앞을 직각으로 가로막는 진법(陣法)을 사용하여 발틱함대의 선두 함정을 향해 차례로 포격을 가하는 전법이었다.

생각의 최전선

그러려면 엄청난 기동력과 훈련이 필요했다. 토고의 연합함대는 그것을 해냈던 것이다.

그런데 그 T자 진법의 원조가 이순신 장군이었다. 1592년 토요토미는 조선을 침략하였다. 조선 육군은 낙엽처럼 무너졌다. 그해 7월, 삼도 수군를 지휘하게 된 통제사 이순신은 통영 한산도 앞에서 결전을 준비했다. 왜 수군을 거제도 견내량에서 유인하여 한산도 앞바다에서 일전을 치렀던 전투가 유명한 한산대첩이다. 이때 이순신 장군이 사용했던 전법이 학익진(鶴翼陣) 전법, 즉 학이 날개를 펴는 형태와 비슷하게 조선 수군을 배치시키고 그 학 날개 안으로 왜 수군을 유인했던 것이다. 결과는 조선 수군의 대승이었다. 기록에 의하면 침몰된 왜의 배가 47척이었고 포획한 배도 12척이었다. 이때부터 일본은 이순신에 대한 두려움이 생겼을 법하다.

통영 앞바다 한산대첩에서 패한 왜의 수군은 일부는 부산포로 돌아갔고 한산도 부근 섬으로 도망친 왜군들도 있었다. 그런데 거제와 반대 방향으로 도망친 왜군들도 있었다. 거기가 판데목이다. 당시에는 수심이 지금처럼 깊지 않아서 썰물일 때는 뭍이 드러나 보이고 밀물 때만 배가 다닐 수 있는 좁은 수로였다.

그런데 왜군들이 판데목으로 도망쳤던 시간이 하필 썰물 때였던 것이다. 수심이 낮아 배가 뭍에 걸리자 왜군 수병들이 배에서 내려 허겁지겁 땅을 팠다는 곳이 바로 판데, 판데목이다. 판데라는 지명 자체가 '팠던 곳'이라는 의미다.

통영이라는 곳

통영은 통제영(統制營)이라는 말의 줄인 말이다. 통제영은 임진왜란 당시 충청, 전라, 경상의 3도 수군을 통합 지휘했던 지휘부였다. 1대 통제사가 이순신, 2대가 원균, 3대가 다시 이순신이었다. 그래서인지 통영 사람들의 이순신 장군에 대한 존경심과 자부심은 대단하다. 통영시가 도농통합으로 다시 단일 행정구역이 되기 전 통영은 충무시와 통영군으로 나뉘어져 있었다. 충무(忠武)라는 말도 충무공 이순신으로부터 따왔다. 통영에는 이순신 장군 기념 공원도 2개가 있고, 장군의 동상도 2개가 세워져 있다. 이순신 장군을 모신 사당, 충렬사(忠烈祠)도 있고 통제영 건물의 하나였던 세병관(洗兵館)도 아직 원형 그대로 남아 있다. 임진왜란 당시 조선 수군의 지휘부, 한산도에도 장군을 기리는 사당인 제승당(制勝堂)이 유적지로 건립되어 있다. 통영 사람들

생각의 최전선

은 어릴 적부터 '충무(忠武) 정기(精氣) 타고난 나의 학우(學友)야'라는 노래를 부르며 성장했다.

풍광이 빼어난 예향이라 유치환, 유치진, 전혁림, 김춘수, 김상옥, 박경리 등 수많은 예술인들을 배출한 곳이지만, 이 고장의 뿌리는 이순신 장군으로부터 물려받은 단단한 정기에 있다. 거기에 더하여 굳건한 의지와 빼어난 창의성, 의연하고 결연한 시대정신을 물려받았다. 한반도 남쪽, 온기를 머금은 통영의 빛들이 눈뜨기 시작하면 그 쟁쟁한 울림이 판데목을 넘어, 그리고 한산도와 견내량을 지나 한반도와 동북아의 미래를 열어가는 길잡이가 될 날이 언젠가 올 것이다.

결별의 방식: 우아한 철수

사람이건 국가이건 이별을 준비할 때는 모양새를 신경 쓰게 된다. 어떻게 보일지 다른 사람의 평가 때문이다. 국제정치 영역에서 군사적 개입이나 일정한 주둔 기간을 거친 후 철수를 결정하는 상황이 되면 정책결정자들은 그 방식을 최대한 '우아하게' 보이고 싶은 욕심을 낸다. '우아한 철수'(graceful disengagement; graceful exit)라는 단어는 이런 상황에 등장한다. 보통, 명분과 이익 계산 사이의 간극이 존재할 때 우아한 철수를 고려하기도 하고, 개입의 지속과 즉각적 철수의 대안이 경합할 때도 일종의 타협안으로 등장하기도 한다.

철수의 '우아함'이란 철수에 따른 보완책을 공표한다든지, 철수 시기를 다소 조정하는 방식을 일컫는다. 2010년 이후 아프가

174

니스탄에서 미국이 철수를 고려할 때 생각했던 방식이 우아한 철수였고, 좀 더 멀리는 1962년 베트남에 있어 미국의 군사적 개입 초반기에 케네디 행정부가 고려했던 방식도 우아한 철수였다. 그러나 두 사례 모두 결코 '우아하지 않은' 방식으로 철수가 최종 완료되었다. 쫓기듯 철군을 마무리했거나 전쟁에서 패배가 결정된 후라야 철수가 이루어졌다.

1947~49년 한반도와 '우아한 철수'

미국은 1905년 한반도에 대한 일본의 지배를 승인하며 떠나갔다. 그로부터 정확히 40년이 지나 이번에는 다시 깊숙이 한반도 상황에 개입하였다. 일본 식민지로부터 한국을 해방시켰고, 38도선 분단도 미국이 결정했다. 한반도 남쪽 지역에 미군을 상륙시켜 군정을 실시했고, 미소 공동위원회를 구성하여 한반도 통일 정부 수립을 논의했다. 그러나 1947년에 이르러 모든 것이 변하기 시작했다. 세계의 이곳저곳에서 소련과의 관계가 급속히 차가워지기 시작했고, 결국 미국은 유럽부흥계획, 트루먼 독트린을 통해 방향을 선회하기 시작했다. 봉쇄정책(containment policy)으로의 대전환이었다. 동아시아에서도 중국 공산당이 국공내전에서 승기를 잡아가기 시작하자, 일본 점령 계획도 '대반전'(reverse course)이라는 이름으로 개혁정책에서 경제부흥정책으로 선회했다. 이 무렵 한반도에서 미국이 계획했던 방식이 신속하면서도 '우아한 철수' 계획이었다.

미국 정책결정자 그룹 일각에서 혹여 미국이 철수하고 나면 한반도 남쪽이 소련의 수중으로 떨어질 것이라는 우려가 없었던 것도 아니었다. 미국이 한반도를 포기한다는 인상을 주는 위험성도 고려해야 했다. 국방부와 국무부는 이 판단을 놓고 치열하게 대립했다. 1947년 7월, 철수 방침의 골격을 변경하지 않으면서 대립된 두 가지 의견 사이에서 타협점을 찾았던 것은 한반도 문제를 유엔으로 이관하자는 것이었다. 군사적 방어는 일본과 필리핀을 잇는 도서방위선(defense perimeter)으로 하고 그 밖의 지역에 대해서는 미국은 군사적 개입을 하지 않겠다는 원칙이었다. 유엔 헌장 정신을 천명해두고, 혹시라도 발생할 수 있는 외부 침투, 소요, 반란 등의 국내적 문제는 친미 정부에 대한 경제적 지원만으로 가능할 것이라고 판단했다. 한국에 대한 붕괴 위협은 유엔에 대한 도전으로 간주한다는 정도로 언급해 둔다면 억지가 가능할 것으로 기대하고 있었다. 일종의 희망 사항(wishful thinking)이었다. 동아시아에서 미국의 1차 관심은 일본의 안보, 그리고 경제부흥이었다.

1948년 4월 NSC-8의 결정에 따라 우아한 철수는 확정되었고, 그 이듬해 3월 NSC-8/2로 최종 철수 날짜를 1949년 6월 30일로 확정하였다. NSC-8에서 NSC-8/2로 결정과 집행과정이 진행되는 동안, 국무성 일각에서는 주한 미군 철수는 연기 또는 중지되어야 한다는 의견도 제기되었다. 그러나 국방부, 특히 맥아더 사령관은 한반도의 전략적 가치에 대해 부정적이었다. 한국에 대한 '적극적 군사 지원'은 포기해야 한다는 것, 만약 한반도에서 급변사태가 발생하는 경우라도 최대한 빨리 철수하는 것이 최선이라는 것이 1949년 중엽 미국 군부의 판단이었다. 한반도 유사시 미국 군부의 주된 관심은 자국민의 신속한 소개(疏開)에 국한되어 있었다.

애치슨 연설과 회고

1950년 1월, 미국 국무장관 애치슨(Dean Acheson)은 미국 방어계획에 관한 유명한 연설을 한다. 일명 애치슨 라인으로 알려진 방위선 개념을 공론화했던 것이다. 알류샨 열도에서 시작하여 일본, 오키나와, 필리핀을 잇는 U자형 방어선을 공개했다.
한국을 그 방어선 밖에 둔다는 발표이기도 했다. 그로부터 5개
월 뒤 한국 전쟁이 발발했으니 일부에서는 미국이 북한의 남침
을 유도한 것이 아니냐며 의구심을 가지기도 했다. 게다가 그렇
게 '우아한 철수'를 결정하고 그 기본 방침의 수정도 진지하게 재
고하지도 않은 상태에서 미국이 한국 전쟁에 곧장 군사적으로
개입했으니, 그런 의구심이 생길 법도 했다. 모든 전쟁의 발발에
는 음모설이나 전쟁 유도설이라는 색다른 해석들이 있지만, 이
경우는 여기에 해당되는 것 같지는 않아 보인다. 사실 애치슨이
밝힌 극동방위선 개념은 소련과 전쟁이 발발하는 경우, 일본을
근거지로 하여 공군과 해군 전력을 이용하겠다는 전쟁 수행 계
획이었다. 이 개념은 이미 NSC-48로 확정되어 있었고, 애치슨
의 발표는 그것의 요약본이었던 셈이다.

후일, 애치슨의 또 다른 유명한 언급, '한국이 우리를 살렸다'
(Korea came along and saved us)는 회고적 표현도 한때 의구심을
증폭시켰던 원인이 되었다. 한국 전쟁이 냉전사의 분기점이 되
었다는 점과 미국 냉전 전략이 최종 결정되는 중요한 계기가 되
었다는 점은 부인하기 어렵다. 한국 전쟁을 계기로 미국은 외교
를 군사적 수단으로 추진해가는 이른바 '외교정책의 군사

화'(militarizd foreign policy)라는 경로를 잡았다. 제3세계에 대한 정치군사적 개입도 한국 전쟁 이후 더욱 적극적으로 실천했다. 그러나 미국이 한국 전쟁을 유도했다는 주장은 막연한 추론에 가깝다. 사실, 애치슨의 이 발언은 NSC-68 구상의 실천과 깊은 관련이 있다. NSC-68 구상은 '롤백'(rollback)이라고 명명되었던 '공세적 봉쇄정책'의 추진이었다. 군사적 수단의 강화가 핵심이었다. NSC-68은 소련이 핵무기 개발에 성공한 1949년 하반기부터 구상에 들어갔다. 그러나 실행에 옮기려면 국방비 예산의 3배 증액이 필요했다. 따라서 이 구상을 의회에 제출할 엄두를 내지 못하고 있었다. '이론 영역에서 예산영역으로' 전환시켰던 계기가 한국 전쟁이었다. 그런 배경에서 애치슨은 한국(전쟁)이 미국을 살렸다고 언급했던 것이다. 실제 1952년 회계연도부터 미국의 국방예산은 그 전년도에 비해 정확히 3배가 증액되었다.

우아함에 대한 후대의 평가

그러면 미국의 우아한 철수 계획과 집행 결과는 어떠했는가? 애치슨 선언이 가져올 정세 변동 가능성을 미국이 세밀하게 고려하지 못했다는 것도 부정하기 힘들다. 애치슨 선언은 결과적으로 북한과 소련의 잘못된 판단을 불러왔다. 스탈린은 1950년 이전까지 김일성의 남침 요구를 자제시켜왔다. 그러나 소련은 애치슨 선언 직후 중소동맹 체결로 방향을 선회하였고, 곧이어 1월 30일에는 김일성에게 남침 계획을 추인하는 전문을 보냈다. 이러한 소련의 판단과 결정이 1950년 초 동북아의 국제정세 변화를 계산에 넣은 것이라면, 그 판단에 애치슨의 연설이 일조했으리라고 추정하는 것은 어려운 일이 아니다.

도서방위선 밖의 지역에 대해서는 유엔 헌장 정신의 강조를 통해 도발을 억제할 수 있다고 믿었던 것도 기대감 수준으로 사실상 정책적 오류에 가깝다. 1949년, 미국 세계전략이 수동적 봉쇄정책에서 공세적 봉쇄정책으로 전반적 전환을 고려할 때도 한반도에 대한 정교한 재조정을 고심했다고 보기도 어렵다. NSC-8/2의 전면적 수정에 대한 후속 조치를 고려하지 않은 상황에서 한국 전쟁이 발발했던 것이다. 그토록 중시하던 일본의 안보가 직접 위협받게 되었다는 급박한 인식, 세계질서를 수호하겠다는 미국의 의지와 신뢰성이 심각하게 시험받게 되었다는 판단으로 미국은 즉각적 군사 개입을 결정한다. 불과 1년 전의 인식과 비교하면 너무나 판이한 판단이었다. 결국 한반도로부터의 '우아한 철수'는 '허겁지겁한 방식의 재개입'이라는 결과를 낳게 되었다. 사람이건 국가이건 이별을 준비할 때는 판단력이 흐트러질 때가 많은 법이다.

트라우마

한국인이 미국에 대해서 가지는 기억 중 하나는 미국 철수의 두려움이다. 이 두려움은 한미관계사의 몇 가지 역사적 지점들을 거치면서 존속되어 왔다. 1905년이 하나이고, 1947~49년, 1970년, 그리고 1976년이다. 이 시기들은 모두 미국이 한반도로부터 떠나기로 결정하고 실제 실행에 옮겼거나, 떠날 것을 심각하게 고려했던 지점이었다. 1905년에는 미국이 일본의 한반도 지배를 열강 중 제일 먼저 인정하며 한국과 외교 관계를 단절했고, 이미 언급했던 바와 같이 1947~49년에는 세계 전략과 한반도 전략 사이를 조정하는 섬세함을 놓쳐 오류에 가까운 결정을 내리기도 했다. 1970년에는 닉슨 독트린 이후 주한 미군 2개 사단 중 1개 사단을 실제 철수했고, 1976년에는 한국 유신정권의 반(反)민주적 통치방식 때문에 주한 미군을 철수하겠다고 카터 (Jimmy Carter) 대통령이 공언하기도 했다. 매 시기, 미국도 나름대로의 판단과 고민도 있었겠지만 한국인에게 주었던 임팩트의 무게와 비교할 수는 없다. 이러한 지점들을 거치면서 한국인은 미국의 한반도 정책에 대해 일종의 트라우마를 가지게 되었다. 한국의 연미책이 미국의 한반도 전략과 반드시 일치하지 않을 수 있다는 두려움이었다.

미국은 '우아한' 방식으로 철수를 기획했는지 모르나 세계 다른 국가의 시선들을 염두에 둔 것이지 한국인에게 특별히 우아하게 보이려는 의도는 없었을 것이다. 우아함이 성공했다면 트라우마가 생기지 않았을지도 모른다. 한미 간 엇갈린 시선은 이익의 정교합과 부정교합이 만들어 낸 결과였다. 정책적 우선순위의 차이가 만든 결과물이기도 하다. 그러나 트라우마는 일종의 심리적 요인이라 양국 간 이익 정교합이 훨씬 확장된 시대로 동맹이 발전했을 때라도 트라우마는 여전히 남았다. '또 언제 그들은 이 땅을 떠날지 모른다'는 두려움이다. 21세기 접어들어 한국의 국력이 눈부시게 성장하면서 미국에게 한국의 전략적 중요성은 매우 중요해졌다. 동북아 심장부에 놓인 한국이 어떤 전략을 구상하고 실천하느냐는 미국의 이익에도 영향을 미친다. 결코 가벼이 볼 수 없는 중추국가(pivot state)가 된 것이다. 전략적 이익만이 아니다. 미국의 경제적 이익을 위해서도 한국과의 협력이 절실한 상황이 되었다. 그런데도 한국의 일부에서는 여전히 트라우마가 망령처럼 작동한다. 이를 정치적으로 이용하려는 국내 세력의 목소리도 여전히 요란하다.

흥미로운 점은 미국이 한국인의 그런 심리상태를 잘 읽고 있다는 사실이다. 한국인의 트라우마를 치유하려는 후속 조치에 대해서는 별반 관심이 없다. 감성보다는 이익을 더 중시하는 실용주의의 냉철한 전통 때문인지도 모른다. 오히려 한국인의 트라우마를 한국과의 방위비 분담 같은 협상 때 슬쩍 악용하려는 습성도 가끔 드러낸다. 한국으로부터 철수를 암시하면서 한국인, 특히 보수층의 두려움을 자극하려는 것이다. 그리되면 협상의 우위에 서게 되는 것은 식은 죽 먹기다. 미국을 대하는 방식이 가끔 한국의 국내 정치적 쟁점이 되기도 한다. 반미 정서 표현이나 미국에 대한 비판적 판단은 정치권에서 일종의 금칙어가 되었다.

1947~49년간 미국의 '우아한 철수' 계획, 그리고 군사 개입으로의 급박한 반전 과정에 대해서도 정책의 오류, 혹은 부실한 기획이었다고 평가하는 사람은 드물다. 미국의 참전과 미군의 희생, 그리고 그 뒤에 형성된 한국인의 '보은론' 심리 현상 때문이다. 미국 외교정책에 대한 정치적 비판은 일종의 자기검열 영

역으로 자리 잡았다고 보는 것도 틀린 지적은 아니다. 그 역시
트라우마의 다른 증상일 것이다.

대화(對話)일까, 고문(拷問)일까

사회과학 연구는 분석이 주된 일이다. 학술 논문을 쓰든지, 전략 구상이나 정책 보고서를 작성하든지 작업의 핵심은 현상 분석이다. 그런데 분석의 대상은 대부분 지나간 시간 속의 사건들(events)이다. 역사 속에 사건으로 나타났던 현상들을 설명하고, 인과관계를 규명해내는 일이다. 패턴과 법칙을 찾기도 하고 이론과 모델을 만들기도 한다.

그런 작업을 거친 후 간혹 미래에 일어날 일을 조심스럽게 전망하거나 예측하기도 한다. 그러나 예측에 대해서는 거의 대부분 확신을 가지기 힘들다. 현존 사회과학의 어떤 이론으로도 정밀한 미래 예측이 가능하지 않기 때문이다. 과거의 패턴을 보면 미래가 보일 것 같지만, 혹은 보일 것이라고 주장하지만, 이제껏 인간이 축적해 왔던 지식이란 것이 미래 예측에는 여전히 불완전하고 역부족이다. 심지어 기존 이론들 중에는 상호모순적인 이론들도 있다. 국제정치학 영역에서 대표적 상호모순된 두 개의 이론은 세력 균형 안정론(power parity theory)과 세력 불균형 안정론(power preponderance theory)이다. 첩보 분야도 마찬가지다. 첩보 분석도 임박한 징후가 나타나기 전까지는 정확한 예측이 쉽지 않다. 최근 인공지능을 열망하는 일도 따지고 보면 인간의 지식체계와 추론 능력이 불완전하기 때문인지도 모른다.

요컨대, 분석의 대상은 과거이며, 사회과학 연구란 역사를 다시 들여다보는 일이다. 미래를 분석하겠다는 사람은 없다. 미래는 추측과 상상, 열망의 대상이지 규명하고 분석해야 할 그 어떤 것도 존재하지 않는다. 정치학을 비롯한 사회과학의 모태가 역사학에서 나왔다는 말도 이런 배경에서 자주 언급된다. 20세기를 거치면서 학문 영역으로서 역사학과 정치학은 아주 심하게 다툰 뒤 결별했다. 그러나 그 결별은 연구방법론의 경향과 유행때문이지 정치학 연구가 역사학 연구에 연원(淵源)을 두고 있다는 사실을 부정하는 것은 아니다.

역사를 헤집고 들여다보게 되면서 자연스럽게 다시 묻는다.

"역사란 무엇인가." 제법 통찰력 있는 역사 정의(定義) 중에 자주 인용되는 것들이 있다. 역사란 '끝없는 변화와 거대한 연속(連續)'이라는 마크 블로크(Marc Bloch)의 정의가 그중 하나다. 여기에서 '연속'이라는 두 글자에 방점을 찍으면 과거와 현재 사이에 단절할 수 없는 관계가 부각된다. 과거와 현재가 필연적으로 맞닿아 있음을 적절하게 강조했던 논변은 뭐니 뭐니 해도 카(E. H. Carr)의 역사 정의다. '과거와 현재의 끝없는 대화'라는 이 짧은 말은 과거가 현재에 살아 움직이고 있음을 다시 상기시킨다. 과거가 현재를 규정하느니만큼, 현재의 관점에서 과거를 끝없이 살려내고 해석한다. 과거와의 대화는 오늘 우리가 마주한 시대의 좌표를 깨닫게 한다.

역사는 어떤 형태로든 현재라는 시점에 자신의 흔적을 남기고 있다. 이 사실을 엄숙하게 지적한 '대화' 담론을 감히 비판하는 논리도 있다. 카의 역사관이 지나친 '현재주의'(presentism) 아니냐는 비판이다. 과거를 현재의 시각에서 바라보고 해석하는 일이 과연 정당한가의 질문이기도 하다. 이를테면 지금 시대에 통용되는 담론과 판단, 그 가치관에 근거해서 과거를 재단하고 설명하는 것이 과연 역사에 대한 바른 해석일까라고 묻는다.

현재의 가치관도 결국 미래 시점에는 변화할 가능성도 없지 않은데, 지금 시점의 과거 해석이 과연 객관적인가의 물음이기도 하다. 더 나아가 객관적이란 것이 존재하는가의 질문으로 이어지기도 한다. 객관성에 대한 고민은 역사가 깊다. 그래서 20세기 사회과학 연구에서는 객관성을 담보하기 위해서 연구작업에 아예 가치문제를 개입시켜서는 안 된다고까지 강조하곤 했다. 이른바 가치중립(value-free) 선언이다. 그러나 가치중립 논변 역시 위기를 겪고 질타를 당해왔다. 특정 사건이나 현상을 분석의 대상으로 삼고자 선택하는 일, 변수를 구분하고 분류하는 일에 과연 분석자의 어떤 가치관도 개입되지 않을까? 아니, 개입시키지 말아야 할까? 그렇다면 도대체 학문이란 어떤 의미를 지니는가 등의 따가운 비판이었다. 후기 행태주의는 그런 배경에서 등장했다.

다시 카의 대화 담론에 대한 비판으로 돌아가 보자. 가치의 시대적 상대성 질문에 더하여, 과연 대화가 가능한가의 질문도 던진다. '말을 하지 못하는 과거에게 질문을 던지면 그것은 대화가 아니라 과거에 대한 고문(拷問) 아닌가?', '과거에 대한 현재의 일방주의를 과연 대화라 할 수 있겠는가?' 현재와 과거 사이에 대화를 상상해보라. 이런 광경 아닐까?

현재: "이봐요 과거 형(兄).. 카 선생이 형과 대화 좀 하라고 그럽디다."

과거: ('나는 기록 외엔 할 이야기가 따로 없다'고 생각하는 표정으로 자료를 손으로 가리킨다.) ……

현재: "손짓만 마시고 뭐라도 말씀 좀 하시지 그래요?

예컨대 한일 강제병합과 같은 정치적 결정의 원인은 무엇인가요? 어떤 요인들이 그런 현상을 만들었나요?"

과거: (여전히 답답한 표정을 지으며) ……

현재: "뭐 보여주시는 자료를 보자면 여러 가지 원인들이 있었겠지요.

그런데 그 정치 결정에 참여했던 사람들은 후대의 역사가들이 어떻게 평가할지에 대해서 고민들은 있었나요?"

과거: (애써 시선을 회피하며) ……

현재: "이래 가지고는 대화가 제대로 되겠습니까?

그냥 제 마음대로 해석하렵니다.

다음에도 형과 대화해야 할지 고민되네요."

우리가 고민에 빠지는 대목은 바로 여기다. 과거는 현재를 상대하면서 제대로 논박할 기회를 갖지 못한다. 판단 가치의 편재성이다. 역사 속 과거를 보며, '그것은 잘못된 일이었다'라며 비판적으로 평가하려 한다면 결국 '현재를 살고 있는 우리의 가치관과 담론이 보편성을 띠고 있을까'라는 근본적 질문에 직면한다. 곡학아세(曲學阿世)를 피하려면, 그리고 역사를 왜곡 해석하지 않으려면 그래야 한다. 그래야 비판의 정당한 관점이 생긴다. 그런데 과연 우리는 모든 영역에서 보편적 가치에 도달했다고 합의할 수 있는 그런 시대를 살고 있는가?

일국사(一國史)의 영역에서 현재의 가치관은 어수선하다. 그래서 같은 과거를 두고도 해석이 난무하여 소란스럽다. 그런데 국가 간 문제에 이르면 문제는 더 복잡해진다. 국경을 뛰어넘는 인류보편적 가치에 합의점 찾기가 여간 어려운 일이 아니다. 외교사의 과거를 볼 때마다 생기는 질문들이다. 이를테면 식민지에 대해 판단하는 일은 식민지를 경영했던 국가의 역사관과 피식민지 국가의 역사관이 반드시 동일하지 않다. 전쟁과 폭력에 대해서도 국가를 넘어선 보편적 가치관을 적용하기가 여전히 어렵다. 그러나 카의 현재주의를 넘는답시고 자주 '상황론'을 거론하며 피해가는 사람들도 있다. '그때는 그럴 수밖에 없었다'는 논리다. 당시에는 그것이 추세였으니, 과거를 볼 때는 과거의 시선에서 봐야지 왜 현재 가치관으로 보느냐고 되레 반문하기도 한다. 그러니 뻔뻔해지기도 한다.

객관성 논쟁, 대화의 일방주의 등의 비판을 받을지라도 카의 역사관은 매우 귀중하다. 되레 그런 비판적 논점 때문에 더 곱씹어 볼 필요가 있다. 오늘은 어제와 결별한 채 고립되어 존재하지 않는다. 오늘 우리가 어떤 역사적 지점을 지나고 있는가를 제대로 알기 위해서라도 과거에게 끝없이 말을 건네야 한다. 그리고 또 우리 스스로에게 물어야 한다. 과거를 보는 우리의 시선이 일시적인 유행인지, 우리는 과연 인류 보편적 가치에 대해 어떤 고민을 하며 살아가는지를. 인류문명사 진행의 긴 안목으로 보면 이런 류의 고민과 소란도 모두 전환기적 현상일지도 모른다. 시행착오를 거치면서 조금씩 진화할 것이다.

역사를 들춰내는 일을 직업으로 하면서 지금 시대의 보편적 가치들이 과연 무엇일까 떠올려 본다. 우리가 추상적 수준이라도 합의할 수 있는 그 덕목들은 아마 이런 것 아닐까? 조심스러운 태도를 전제하여 거론하자면 생명, 평화, 사랑, 화해, 덕성(德性), (여전히 철학적 토론이 진행 중인) 자유, 평등, 정의, 공동체 등이다. 인류 문명사의 오랜 시간 동안 대항가치들과 싸우며 살아남은 가치들이다. 적어도 보편성에 어긋난 과거사의 행적은 대화의 방식이건 고문을 통해서건 비판과 성찰의 대상이 되어야한다. 이런 노력들을 통해 인간은 보편적 가치의 범위를 점차 늘려갈 지혜를 궁리해 낼 수 있을 것이다.

역사학에게서 정치학에게

역사학과 정치학

역사학과 정치학은 20세기 중반 아주 심하게 다툰 뒤 학문 탐구의 방식 면에서 결별했다. 정치학은 역사학에 연원을 두고 출발했지만, 연구 방법을 두고는 점차 이격되어 왔다. 사회과학과 인문학과의 틈새가 점점 벌어지고 있다고 감지되기 시작했던 것도 그 무렵이었다. 정치학과 역사학은 대학에서도 각각 다른 단과대학에 소속되어 정체성을 달리 갖기 시작했다. 사회과학 분야에서는 행태주의가 유행하였고 과학적 접근법이 강조되기 시작했다. 그 유행을 좇아 정치학자들은 역사적 접근방법을 전통적 접근법이라고 간주하고는 한편으로 밀쳐내기 시작했다.

소외시키는 일은 통상 비난이나 비판을 동반한다. 정치학자들은 역사학이 사소한 역사 부스러기들을 수집하는 일이라며 비웃었고, 시대를 통찰하는 아무런 문제의식이나 분석 방법론을 갖지 못하다고 비판하였다. 과거를 '방부(防腐) 처리하는 지적 작업'이라는 평가는 거의 조롱에 가까웠다. 반면, 정치학에 대한 역사학자들의 반격도 매서웠다. 정치학이 행태주의 사조에 지나치게 몰두하면서 쓸데없는 이론이나 양산하는 자기만족적 행위로 학문을 전락시켜버렸다는 맹공이었다. 불필요해 보이는 학문 전공용어(jargon)의 양산이 현실 설명에 오히려 도움이 되지 않는다는 비판은 점잖은 비평에 속했다. 이렇게 혹독한 상호비판들이 오가면서 정치학과 역사학 사이에는 점점 간극이 벌어지게 되었다. 그리되자 외교사 연구는 정치학과 역사학의 두 분야 사이에서 갈 곳을 잃은 미아 신세가 되어버렸다.

정치학자들은 현상 분석 작업에서 역사적 맥락을 가벼이 여기는 경향이 있다. 일반화와 이론 구축과정을 더 중시하면서 인간 행위에 내재된 복잡성을 가끔 망각하는 경향도 없지 않다. 인과관계를 너무 단선적으로 이해하려고 한다. 반면, 외교사 연구자들은 특정한 국가의 외교 경험을 '이야기' 중심으로 서술하는 일에 더 몰두한다. '과거라는 숲속을 헤매면서 열매 줍듯이 사실

(史實)만 수집'하는 작업이라는 비판을 받으면서도, 사건과 현상이 갖는 '특유성'(peculiarities)이나 특별한 환경맥락을 강조한다. 그러나 인간이나 국가 행위에 내재된 반복성이나 국제정치 현상의 규칙이나 패턴에는 크게 주목하지 않으려 한다. 정치학자의 입장에서 보면, 그것은 이야기 중심의 서술이 갖는 약점, 즉 체계적 분석력의 결여이기도 하다. 정치학과 역사학의 가장 큰 차이는 정치학이 '일반화(generalization)를 앞세워 이야기를 풀어내려는 경향'인 반면, 역사학은 '이야기 속에 일반화를 숨겨두는 방식'이라고 비교 평가한 개디스(John Lewis Gaddis)의 평가가 가장 간결하게 보인다.

개념화는 중요하다

정치학을 전공한 뒤 외교사에 관심을 가졌고, 거기부터 학문적 관심을 키웠다고 해서 나는 역사학자가 되지는 않았다. 학위도 정치학박사이고, 소속도 정치외교학과였다. 그렇다고 역사학자들을 맹비난할 엄두를 내지 않았다. 가끔 정치학과 역사학 사이의 경계선 위에 서서 두 분야를 모두 관찰한 재미도 없지 않았다. 나의 박사학위 논문 심사위원들은 정치학자가 세 분, 역사학

생각의 최전선

자가 두 분이었다. 20세기 초 미국외교정책 분석이 논문 주제였으니 적절한 조합이라 할만했다. 몇 차례 진행되었던 심사 기간 동안 정치학자들과 역사학자들은 나의 논문을 두고 서로 논쟁하기도 했다. 그것 때문에 논문 심사를 망치게 될까 봐 내심 조마조마하긴 했지만, 토론과 논쟁 장면을 관찰했던 것은 흥미로운 경험이었다. 적절한 수준에서 두 분야를 종합하겠다는 나의 의사를 존중해 주는 것으로 타협점을 찾은 듯 보였다. 상상력을 가지고 1차 사료를 치밀하게 분석하되, 세계체제론을 원용하여 국가 행동에 관한 분석틀을 만드는 방식을 택했다. 종합성에 성공했는지, 일종의 상황론적 타협이었는지는 아직도 잘 알 수 없다. 다만, 두 분야 사이의 논쟁들을 실제 관찰하고 체험했던 것은 좋은 영감을 주었다.

대학에서 가르치는 일이 직업이 되면서 정치학 전공자들이 역사 공부를 도외시해서는 안 된다는 원론을 강조해 왔다. 현안(contemporary issues)만을 분석 대상으로 삼으려는 논문 작성자들에게는 역사적 맥락의 중요성을 일깨우려고 나름 노력했다. 학부와 대학원에서 외교사 강의는 나의 몫이었다. 그러나 스스로 역사학자라고 자칭한 적은 없다. 나의 전공은 정치학이다. 굳이 이렇게 힘주어 말하는 것은 과거 혹은 현재의 현상을 바라보고 규명하려 할 때 이론과 모델, 개념화와 분석틀을 여전히 중시하기 때문이다. 특히 논문을 지도할 때 역사적 서술만으로 그치는 논문 작성 시도는 나로서는 그다지 반갑지 않았다. 거기서 한 걸음 더 나가기를 강조하고 요구하곤 했다.

보통 사람들에게 별 중요치 않은 학문 영역의 구분이 뭐 그리 대수겠냐며 핀잔을 들을 수도 있을 것이다. 그러나 현상을 분석하고 규명하는 지적(知的) 작업을 할 때, 나는 정치학자로서 기본자세를 엄격히 잡았다. 특히 논문을 지도할 때는 정치학 방법론의 중요성을 숨김없이 드러내곤 했다. 인과관계를 강조하고 그 인과관계에서 독립변수와 종속변수를 구분하는 일, 많은 변수들 중에서 핵심 변수 추려내기(sorting out)를 강조했다. 정치학 연구방법론의 핵심 변수 추려내기는 역사학자들이 가장 신기해하면서도 못마땅하게 여기는 부분이다. 그러나 나는 논증의 간결함을 위해 그 과정이 필요하다고 믿어 왔다. 그렇다고 계량적 방법론을 특별히 강조하지는 않았다. 숫자나 수식이 아무리 언어의 한 방식이라지만 언술 방식조차 넘어서야 한다는 과학주의는 신봉하고 싶지 않았다. 특별히 중시했던 것은 추상화 작업이었다. 그 핵심은 개념화(conceptualization)에 있다. 개념화는 사건이나 현상이 내포하고 있는 일반적 의미를 추출하는 작업이

생각의 최전선

다. 현상의 본질과 성격을 가장 잘 드러내 보여주는 단어(개념)를 찾는 일, 그 작업이 논문 작성에서 가장 중요하다. 개념화 작업이 이루어져야 원인과 결과, 즉 독립변수와 종속변수 사이의 관계를 일반화하는 작업이 가능해진다. 분석 틀을 만드는 일도 이런 고민을 거쳐야 비로소 가능해진다.

정치학 논문과 정책 보고서

까만색 장정판의 학위논문을 들고 오는 졸업생들이 있었다. 박사학위 논문의 경우, 보통 200쪽이 넘는 분량인데 거기에는 저자의 애쓴 노력이 여기저기 묻어있다. 누구도 슬렁슬렁 논문을 쓰는 사람은 없을 것이다. 그러나 허접스럽게 쓰인 논문도 없을 수 없다. 책이나 논문 등의 2차 자료들을 대충 정리하여 사건/현상의 흐름을 개관(槪觀)해 놓은 논문들이 대표적이다. 그럴 때 논문의 논점을 한 문장으로 요약해보라고 질문하고 싶은 유혹을 느낄 때도 있다. 혹은 논문을 시작할 때 던졌던 질문이 무엇이었느냐고 짓궂게 물어볼 때도 있었다. 질문을 찾는 일이 질문에 대한 답을 찾는 일보다 더 중요할 때가 있다. 논문 작성자가 던져야 하는 질문은 '왜?'(Why?)로 시작해야 한다. 논문이란 현상의 인과관계에 대한 분석을 전제로 하기 때문이다. 모든 현상에는 원인이 있고, 결과로 나타난 현상(사건)을 만들어 낸 원인을 찾는 작업이 '왜?'의 질문이다. '누가? 언제? 어떻게?'의 질문은 일단 부차적인 질문들이다. 질문이 헝클어지면 논문이라는 배가 산으로 가기 십상이다.

그래서 논문을 지도할 때는 분석 틀의 작성 단계를 특별히 강조해 왔다. 그것은 '왜?'라는 질문과 개념화의 수준, 논증 구도와 사유(思惟)의 맥락이 압축되어 있기 때문이다. 정치학 논문이 이론 모색을 중시한다고 이론적 틀이라는 장(章)의 제목을 정해두고 기존 정치학 이론들을 주저리주저리 소개만 하는 논문도 있다. 그러나 자신의 논문에 기존 이론을 적용하려 할 때라도 자신이 다루는 사례에 맞게 비판적으로 적용해야 한다. 모든 이론은 완벽할 수 없고, 학위논문의 분석 틀은 나름의 독창성을 갖춰야 하기 때문이다. 겉도는 듯 보이는 이론만 분석 틀에 소개하는 논문이라면 그다지 훌륭한 논문이 아니다. 이 과정은 나름 엄격성을 갖추어야 한다고 믿어 왔다.

사회과학 분야인지라 정책적 함의를 염두에 둔 논문도 있다. 특수대학원 학생들의 논문이 주로 그렇다. 논문의 종류를 굳이 대별하자면 학술 논문과 정책 논문이 있다. 정부 기관에서 위탁 교육을 받기 위해 대학 학위 과정에 등록하는 학생들은 뭔가 정책과 관련된 논문을 써야 한다는 강박관념이 없지 않다. 그러나 정책 논문을 써야 할 경우라도 분석 틀이 탄탄해야 기존 정책을 엄격히 평가할 수 있고, 그것에 기반해야 정책적 함의의 제안도 힘을 얻게 된다. 학술 논문의 경우라도 현실 정책적 함의를 다룰 수는 있다. 그러나 될 수 있는 대로 행간에 숨겨두어야지 너무 드러내 보이면 정책 논문과 학술 논문의 구분이 불분명해진다. 정책적 함의를 가지는 학술 논문이건 혹은 정책 논문이건 무엇이더라도 정책 보고서와는 내용과 형식이 달라야 한다.

연구기관에서 생산하는 보고서는 대개 전략 보고서이거나 정책 보고서다. 학위 과정을 통해 연마한 학술적 사유(思惟) 방식을 토대로, 그것을 현실 정책이나 전략구상에 적용하려는 것이 이런 보고서의 목적이다. 보고서 작성에서는 분석 틀의 작성이 굳이 필요하지 않다. 그러나 전략 및 정책의 방향 제안이 설득력을 가지려면 현상의 분석에 개념화 작업이 필요할 때가 있다. 일정 수준의 추상화 작업을 통해서 현상을 분석하고 같은 맥락에서 전략과 정책이 방향성을 가질 때 훨씬 짜임새 있는 보고서를 작성할 수 있다. 굳이 특별히 항목을 두어 '분석 틀'이라고 명시

할 이유는 없겠으나, 사유와 논증의 과정은 학술 논문 작성과 크게 다르지 않아야 한다. 현상의 다양한 원인을 백화점식으로 나열할 것이 아니라 원인(독립변수)과 결과(종속변수)를 추려내는 작업이 필요하다는 이야기다. 그런 의미에서 정책/전략 보고서 작성도 논증력에 기반한 중요한 '정치학적' 작업의 하나다.

바다(海)에게서 띄우는 편지

이 글의 제목을 '역사학에게서 정치학에게'라고 붙였다. 한국 최초의 자유시, 최남선의 '해(海)에게서 소년(少年)에게'를 슬쩍 패러디했다. 위력적이고 자부심 넘치는 바다가 소년을 부르는 일을 역사학과 정치학의 관계에 비유하더라도 그리 나쁘지 않겠다는 생각에서였다. 두 분야로부터 영향을 받았던 내 생각의 흐름을 짧게나마 회상하고 싶기도 했다.

공부하는 분야로서의 역사학과 정치학의 구획이지만, 우리가 관찰해야 할 현상 자체가 역사학, 정치학이라는 간판을 달고 있지는 않다. 지식과 학문연구를 직업으로 하는 사람들의 편의적 구분일 뿐이다. 다만, 그 구분이 점점 엄격해져 왔다는 것은 피

생각의 최전선

할 수 없게 되었다. 대학에서 전공과 전공 사이의 벽은 이상하리만큼 높아져 있다. 공부하는 사람들의 엄격한 고집이 그렇게 만들었을 것이다. 좁은 면적 위에 세워진 벽들이 촘촘하게 즐비하다. 정치학 논문 작성의 스텝을 정하고 정치학 스타일의 분석 틀을 강조해야 했던 나의 행로도 그 엄격함에 일면 굴복한 결과이거나 현실적 타협의 결과일 수도 있다. 그러나 원론은 여전히 포기하고 싶지 않다. '깊게 파고 싶으면 넓게 파야 한다' 인간과 사회, 국가의 문제는 넓고 복잡하다. 너무 세분화된 전공 영역 안에만 갇혀있으면 전체 그림을 놓치기 십상이다. 사회과학과 인문학 사이에 놓인 불편한 벽을 당연히 낮추어야 하고, 더 넓게는 자연과학 소양도 더불어 함양해야 한다. 광활한 바다를 넓은 시선으로 봐야 작은 파도가 던지는 동작의 의미를 알게 된다. 딱 그 지점에서 일렁이는 파도의 존재를 비로소 알 수 있다.

이 글 '역사학에게서 정치학에게'는 좁은 길을 걸어왔던 스텝 이동 경로를 설명하고 정당화하려는 의도로 쓴 글이 아니다. 출발점에 섰을 때 바라봤던 두 개의 광활한 바다 풍경에 대한 느낌을 다시 기억하고 싶었다. 모든 바다가 그러하듯 연결된 바다였다. '~에게'의 의미는 다시 되돌아오지 못하는 그런 경로변경이 아니다. 오히려 역사학이 '정치학에게' 띄우는 편지 같은 것이다. 공부하는 일은 그 편지를 실어 나르는 바다 위 작은 통통배와 같은 것이다. 그런 작은 바람도 제목 속에 슬며시 숨겨두었다. 언젠가 재회를 기약하는 그런 사랑 편지 말이다.

잘하는 것, 좋아하는 것

"좋아하는 것 말고 잘하는 것으로 직업으로 삼아라. 좋아하는 일을 직업으로 하지 말아야 오히려 평생 자기 옆에 둘 수 있다."

국문학을 전공해 보겠다고 선언한 18세 소년의 치기(稚氣) 어린 결심을 한 방에 무너뜨린 외삼촌의 전화 한 통이었다. 소설가로 등단했다가 언론인이 되셨던, 가족 구성원 모두의 존경 대상이었던 외삼촌의 말씀이었으니 나의 대학 전공 진로는 다소 허무하고 쉽게 변경되었다.

잘하는 것과 좋아하는 일, 직업과 취미의 구분 논리에 쉽게 반론하기 어렵다. 맞는 말씀이다. 좋아하는 일이라고 생각해서 시작한 일이 나중에 고된 일상이 되니 오히려 싫어지더라고 고백한 사람들을 나 역시 많이 봐 왔다. 그런데 내가 무엇을 잘하고 무엇을 좋아하는지 삶의 어느 시점에 자신 있게 확정할 수 있을까? 더욱이 고3, 18세 소년이 과연 무엇을 확신할 수 있었을까? 좋아하는 일로 직업을 시작하면 잘하게 되지는 않을까? 혹은 잘하는 일로 시작하면 그 일을 좋아하게 되지 않을까? 아니라면, 일생 하는 일을 두 개의 장(章)으로 구분하여 좋아하는 것 절반, 잘하는 것 절반으로 짜면 어떨까? 거의 반세기가 지나서야 외삼촌의 엄중했던 충고에 슬쩍 딴지를 걸어본다.

정치학 공부는 직업이 되었다. 좋아해서가 아니라 잘하는 일, 잘할 수 있는 일이라서 직업이 되었는지 그때나 지금이나 자신하기 어렵다. 좋아하는 일을 옆에 두고 싶기는 했다. 대학 입학 후 문학회 동아리에 가입했고 신춘문예 응모 시절이 되면 가슴이 늘 콩콩 뛰었다. 마흔이 넘어서야 시 계간지가 주는 신인상을 받고 시집도 냈다. 그러나 문학과 시작(詩作)을 평생 옆에 두는 일이 과연 성공했는지도 자신하기 어렵다. 가슴에서 완전히 떠나보내지 않았으니 절반 이상은 잘된 일인 것 같기도 하다.

공부를 직업으로 하면서 깨닫게 된 것이 셀 수 없을 정도로 많다. 그중 하나는 공부란 머릿속을 채우는 것이기도 하지만, 동시에 머릿속을 열어가는 과정이라는 점이다. 한때는 세상의 모든 문제에 대한 답을 다 찾을 수 있을 것이라 생각했던 적도 있었다. 돌이켜보니 교만에 다름 아니었음을 이제 알겠다. 간혹 내가 무엇을 아는지 무엇을 모르는지도 알 수 없을 때가 있다. 인간의 행위는 선행(先行)하고, 이론과 설명은 후행(後行)한다는 말도 아마 이런 고민들과 맞닿아 있는 고백인지도 모른다.

외국 이론을 직수입해 온 한국 학계의 연구 경향에 대한 비판도 해봤고, 19세기 문명개화론이 유산으로 남긴 서구 우월주의라는 인식의 관성에 대해서도 비판의 날을 세우기도 했다. 국제정치학 이론과 외교사 사이의 공간에 놓인 다리에 대해서도 고민 꽤나 했다. 국제정치학의 한국적 패러다임 모색을 학문 연구의 화두로 삼으려 했던 적도 있었다. 동시에, 인류 보편적 가치에 대한 고민도 공부의 길 위로 간헐적으로 불어오는 계절풍 같은 것이었다. 보편성과 특수성의 균형적 조합을 사회과학 연구 중심에 두어야 한다고 강변했던 적도 있었다. 무엇 하나라도 결론 내기 쉽지가 않다. 다만, 도그마에 빠지는 것을 경계하려 했던 점은 하나의 신조로 아직 붙들어 두고 싶다. 어설픈 논변으로 아는체하고 싶지는 않았다.

공부하는 일은 본질로서 솔로(solo) 비즈니스다. 깨치는 주체는 연구자 본인이라는 점에서 그렇다. 그러나 그 과정이 반드시 그래야 된다는 법은 없다. 많은 경우, 영감(靈感)은 타인으로부터 온다. 다른 사람과의 대화와 토론 없이 혼자서 공부하게 되면, 그리고 혼자서 공부하는 일에 너무 큰 의미를 부여하게 되면 도그마에 갇히게 될 위험이 있는 것도 사실이다. 지식은, 그리고 공부는 자기가 알고 있다고 생각하는 벽을 스스로 낮춤으로써 머릿속 공간을 열어두겠단 결심을 되풀이하는 과정이다. 머릿속 공간을 열어두고 비우게 되면 그 공간을 채우는 것은 결국 세상에 관한 생각이다. 연구자 자신이 세상을 바라보는 생각의 공간을 키워나가는 과정이 공부하는 일이 아닌가 생각하게 된다.

그러고 보니 문학적 고민을 하는 일은 더 치열한 솔로 비즈니스다. 학문적 영역의 작업은 그나마 공동작업과 토론의 과정을 거치기라도 한다. 그것에 비해 시작(詩作)의 고뇌를 다른 사람과 깊이 협의했던 적은 없었다. 문학 평론가 정과리가 나를 두고 "시인들만의 세계의 연이 닿지 않았"으나 "한아름의 시를 내장한 사람"이라고 논평했듯이, 적어도 나에게 시작은 처연한 단신(單身) 여행에 가깝다. 그러나 사람과 제도, 풍경과 그림자를 보고 머릿속 공간을 채우는 일은 공부나 시작이나 크게 다르지 않

생각의 최전선

다. 완제품이 아닌 문명 세계에 대한 관찰기를 기록하고 희망을 담은 감상문을 남기는 행위에 글의 형식이 크게 대수겠냐며 뭉뚱그려왔다. 이성과 감성, 논리와 정서, 과학과 직관의 이분법으로 세상을 나누는 것이 '잘하는 것'과 '좋아하는 것'의 구분만큼 부질없는 짓인지도 모른다.

수월성의 욕망

'A compromise between time and quality' 직역하면 '시간과 질(質) 사이의 타협' 정도일 텐데, 단어나 어감상으로 우리말 직역이 다소 어색하다. 뭔가를 완수해야 할 일이 특정 기간이나 시점으로 정해져 있는 상황에서, 그러나 그 시간 안에는 양질(良質)의 성과를 내지 못하게 되어 미완성의 작업을 마무리해야 할 때가 있다. 그럴 때 이 표현이 등장한다. 시간상의 제약을 고려해서 완성도가 낮더라도 현실적으로 수용할 수밖에 없다는 안타까움이 이 표현의 정서적 토대다. 간혹 작업의 당사자가 미완의 작업을 변명하면서 자기 합리화의 논리로도 사용되지만, 대부분의 경우 만족할만한 성과를 내지 못해 아쉬워하는 당사자를 위로해야 할 때 이 표현을 사용한다.

교육 현장에서는 주로 학위논문을 제출해야 할 시기가 되면 이 표현을 써야 할 상황이 생긴다. "다소 아쉬운 점이 남아 있지만 이제 그 정도로 된 것 같다. 학위논문 제출 시한이 있으니, 어쩔 수 없이 이제 마무리하자. 너무 실망하지 말라." 그런 말을 건넨 뒤 등장하는 표현이 "논문작성이란 시간과 수월성 중간에 작동하는 일종의 타협이다."(Writing a thesis is a compromise between time and quality.) 위로와 현실적 수용 의지가 주된 내용이지만, 이 표현에 숨겨진 속내에는 연구자의 시간 배분 실패와 나태함에 대한 질책, 시간을 적절하게 활용하지 못했다는 책망도 일부 포함된다.

대부분의 일들이 그러하지만 특히 학문 연구에서 압도적 수월성, 완벽한 완성도를 보여주는 일은 정말 어렵다. 거의 불가능에 가깝다고 해도 과언이 아니다. 대부분의 학문 종사자들에게 해당되는 말이다. 가까스로 완성도를 높여 성공을 거두었다고 평가받는 연구성과물들은 우리가 걸작(masterpiece)이라고 부르거나, '출판되자마자 바로 고전(classic)이 되었다'고 칭송하기도 한다. 물론, 그런 수작(秀作)들에 대해서조차 후대의 연구자들이 비평의 칼을 서슴없이 겨누기도 한다. 지식은 그러한 과정을 통해 서서히 진화한다. 어쩌면 학문 연구에는 '완성', '완결'이라는 단어가 애초부터 존재하지 않을지도 모른다.

그럴진대 시간상 제약이 있는 연구 작업을 수행하면서 탁월한 수월성을 기대하기는 현실적으로 매우 어렵다. 시간 제약(time limit)은 수행 능력을 향상시키기도 하지만(moderate time pressure will enhance the performance), 대부분은 심리적 스트레스 요인이다. 제출 시한을 목전에 두고 시계를 보면 분침 넘어가는 소리가 천둥소리처럼 느껴질 때도 있다. 일주일의 요일들이 '월화수목금금금'으로 배열되어 일상을 짓누를 때도 있다. 그런 상황에서 연구 작업의 완성도를 높이기가 정말 어렵다.

그러나 중요한 점은 이것이다. 학문연구에 완결, 완벽한 수월성 달성이 어렵다고 해서 완성도를 높이려는 목표를 처음부터 스스로 포기하는 일은 없다. '적당히' 연구를 하겠다고 출발 시점부터 마음먹어서는 곤란하다는 뜻이다. 그것은 연구를 직업으로 하는 학자의 자세가 아니다. 연구 작업을 분량, 편수만 채우는 일로 간주하는 연구자가 시간과 수월성 사이의 '타협' 운운하는 일은 어불성설이다. 그것은 타협이 아니라 졸작과 실패의 예언에 다름 아니다. '타협' 가능성을 연구 출발 시점부터 열어두겠다는 생각은 연구력 향상에도 결코 도움이 되지 않는다. 연구자 개

생각의 최전선

인으로도 치열함이 사라지고 연구 능력 함양은 부진해진다. 무엇보다도 각종 핑계의 늪에 스스로를 빠뜨리는 일이 되기 쉽다.

'타협'이란 단어, 이를 편리하게 설정하거나 악용하면 안된다. 학문 연구자 스스로에 대해서 특히 그러하다. 모든 연구의 출발선에서는 기필코 탁월한 연구업적을 내고야 말겠다는 '결연한 의지'로 차고 넘쳐야 한다.

긴 글, 짧은 글

오래전 일이다. 영작문 시간에 들었던 얘기니, 시기를 정확히 기억해 내기조차 어려운, 꽤 오래전 일이다. 그 교수님은 한국인들의 언술 방식이 쉼표와 접속사로 연결되면서 문장이 길어지는 경향이 있음을 지적하였다. 가장 대표적인 것으로 검찰의 공소장이나 법원의 판결문이 그러하다. 그러면서 영작(英作)에서는 문장을 짧게 써야 함을 강조했다. "한 문장이 두 줄이 넘으면 너무 길다."(A sentence over two lines would be too long.)는 표현으로 간결하게 정리했다. 그 가르침을 실천했는지, 실천하고 있는지 나는 여전히 자신이 없다.

그와 비슷한 류(類)의 글쓰기 가이드라인은 대학원 재학시절 당시 주임교수로부터도 들었다. 그 가르침은 이후 글쓰기는 물론, 글읽기 작업을 줄곧 지배했을 정도로 꽤 신선했고 강력했다.

문장 하나는 생각(idea) 하나다.

문단 하나도 생각 하나다.

논문(article) 한 편도 생각 하나요,

한 장(章 chapter)도 하나의 생각이다.

그러므로 책 한 권도 결국 하나의 생각을 담은 문장 하나다.

박사학위 본심사 때, 결국 그런 질문을 받았다. 300페이지가 넘는 학위논문을 '한 문장'으로 요약해 보라는 질문이었다. 어떻게 답을 했는지, 심사위원의 요청대로 잘 요약했는지는 기억에 없다.

핵심은 단순하다. 논리적 생각 하나가 (두 줄을 넘지 않는) 문장 하나에서 출발하여 논리적 가지로 이어지고 뻗어가며 긴 글과 논문, 책을 만든다는 것이다. 그러므로 논문과 보고서, 책에는 수미(首尾)를 관통하는 하나의 굵은 생각이 존재한다.

분량이 긴 글이건, 혹은 짧은 글이건 관계없이 결국 글쓰기란 생각을 조리 있게 드러내는 작업이다. 시, 소설, 칼럼, 보고서

등 모든 형식의 글은 하나의 생각, 즉 하나의 주장으로부터 비롯되고, 하나의 주장으로 축약된다. 그 주장이 가장 함축적으로 표현된 것이 '제목'이고, 생각의 전개 구조를 보여주는 것이 목차라는 것이다. 따라서 목차를 매우 세밀하게 읽어야 한다고 권고하였고, 서론과 결론을 정독하라고 가르쳐 주었다.

물론 모든 글과 책들이 다 그래야 한다는 의미는 아니다. 여러 가지 논점을 담아야 하는 책들도 있다. 이를테면 교과서가 그런 종류의 책이다. 그러나 분량이 긴 글도 글 전체를 관통하는 하나의 주장을 드러내기 위하여 논리적 연결과 확장들로 구성되어 있다는 점은 명확하다. 그래서 좋은 논문과 책은 읽기도 한결 수월하다.

짧은 분량의 글이라고 허투루 써도 된다는 법은 없다. 몇 줄 되지 않는 시작(詩作)이 제일 어려울 때도 있다. 긴 글이라고 분량에 압도당할 이유도 없다. 길어진 분량 때문에 시간과 에너지가 더 소비되지만, 긴 글을 구성하는 문장들이 이어지는 방식은 결국 생각들이 손에 손을 잡고 있는 것과 같다. 문장 속 표현들은 생각의 긴 길 위에 박혀있는 알록달록한 보도블록과 같은 것들이다.

생각의 최전선

공동작업의 원리

지적(知的) 작업은 외로운 작업이다.

자신의 머릿속을 어떤 누구도 지배할 수 없듯이 사유하고 고민하는 일은 오로지 사적(私的) 영역에서 벌어지는 행위다. 오롯이 홀로 싸우는 투쟁 같기도 하다. 깨달음의 과정은 개개인의 머릿속 공간에서 진행된다. 나의 깨달음을 다른 사람이 대행해 줄 수는 없다.

그러나 지적 자극을 '받는' 일은 다른 일이다. 자극은 외부로부터 주어진다. 예로부터 '문답식'의 교육이 최적이라고 믿었던 것도, 지식이란 동기 부여, 도약단계와 자각(自覺)에 이르기까지 타인과 함께 존재한다고 믿었기 때문이다. 다른 사람의 깨달음은 나의 지적 작업에 훌륭한 '자극'이 된다. 이처럼 깨달음을 얻는 순간까지의 과정에는 많은 관계와 상호작용이 존재한다. 토론이 중요하다는 것은 단순히 타인의 지식을 빌려오기 위함이 아니라 토론을 통해 자신의 논변들을 교정하고 정돈할 수 있는 기회를 가지기 때문이다.

다른 사람을 위해 나의 지식을 나누겠다는 결심은 철학적으로도 매우 중요하다. '배워서 남주나'라는 말은 자기발전을 독려하기 위한 격언으로 사용되어 왔지만, 인류발전을 돌아보면 배움이란 궁극적으로 남에게 나눠주기 위함이었음을 쉽게 간파할 수 있다. 지식은 타인에게 전이될 때라야 생명력을 가진다. 지식은 타인과 함께 존재한다.

타인과 토론하며 교감하는 것은 그러므로 매우 소중하고 훌륭한 지적 작업이다. 연구 공동체에서 이러한 지적 공동작업의 결과물은 '공저'의 형식으로 드러난다. 공동작업을 원만하고 훌륭하게 수행하는 것이 연구 공동체 건강성의 척도이기도 하다. 달리 말하면, 공동작업을 원활하게 수행하겠다는 나의 결심과 타인의 결심이 만나 연구 공동체의 문화를 형성한다.

그러기 위해서는 공동작업에 참여하는 연구자 개인에게는 지

생각의 최전선

혜와 헌신의 각오가 필요하다. 귀를 열어두고 머릿속 공간을 넓혀두겠다는 의지는 꼭 필요한 전제에 해당된다. 이에 더하여 작업량의 균분주의(均分主義)가 지혜로워야 한다. 균분은 기계적, 숫자적 균형과 달리 능력과 지위, 헌신에 따른 배분을 의미한다. 그래서 작업 배분은 더치페이하듯 단순히 $1/n$이 아니어야 한다. 연구자들에게는 '$1/n+\alpha$'가 필요하다. 특정한 개인이 아니라 공동작업에 참여하는 모두가 '$1/n+\alpha$'의 결심이 필요하다. 그래야 완성도가 높은 공동작업 결과를 성취할 수 있다.

공동연구를 진행하다 보면 무임승차를 노리는 사람도 생긴다. 작업의 대부분 분량을 후배나 친한 사람에게 맡기고 본인은 슬쩍 이름만 올리는 경우다. '무임승차'의 이득에 대한 기대는 짧은 순간 달콤한 유혹이겠지만, 자존과 자기계발의 기회를 놓치는 악수(惡手)이기도 하다. 연구 공동체에서는 피해야 할 문화의 하나다. 오히려 나의 노동 몫을 좀 더 늘리겠다는 결연한 결심이 궁극에는 자신은 물론, 자신이 속한 공동체를 풍요롭게 만든다.

공동체 덕목이 흐트러진 곳에서 인간 존재는 존립의 의미를 얻기 힘들다. 인간이 살아가는 행위는 '관계' 속에서라야 궁극적인 의미를 가지기 때문이다. 인간이 인간인 이유는 그냥 '사람인(人)' 글자만으로 충분하지 않고 '사이 간(間)'과 함께 쓰이고 있음을 다시 곱씹어 생각할 필요가 있다.

'교정(矯正)'과 비평

인간 삶의 행로는 무엇인가를 쉼 없이 교정해 가는 과정이다. 이 언술은 다분히 규범적 의미를 품고 있다. 생각과 행위, 심지어 신념도 교정이 가능해야 한다. 변화하지 않는 한 가지가 있다면, '모든 것은 변화한다는 생각' 그것 하나인지도 모른다. 교정이 가능해야 '죽음의 지점에 이르기 전'의 전 생애의 과정에서 살아 존재함의 가치를 조금이라도 진지하고 풍요롭게 만들 수 있다.

뭔가를 바꿀 수 있다는 가능성을 봉쇄해 버리면 삶은 그 지점에서 화석이 된다. 교정을 위한 생각, 고뇌를 멈추면 기계에 다름 아니다. 그런 의미에서 '굳은 신념으로 산다'는 말은 그다지 자랑할 일이 아니다. 되레 그것을 자화자찬하는 것은 이미 뭔가에 생각이 굳어 버렸다는 것의 참담한 징표이기도 하다.

　교정에는 어떤 과정이 필요할까? 그래서 어떻게 교정이 가능한 삶을 살 것인가? 우선은 생각을 열어두는 일, 그리고 자신의 지식과 신념에 대해 지극히 겸손한 태도를 갖는 일이 우선일 것이다. 그래야 삶에서 진리를 찾아가는 여행이 지속된다. '내가 지금 알고 있는 것이 진리다'라고 외치는 순간, 삶에서 신선한 향기가 사라지고 퀴퀴한 냄새 풍기는 뒷방 늙은이로 전락한다. 육신은 살아 있으나 정신적 성장이 멈춘 삶이 되어버린다. 소위 말하는 꼰대가 되는 것이다.

　진리 추구에 대해 겸허함을 가지려는 일은 자성(自省)의 영역이다. '스스로 살펴본다'는 것은 '자발성'이 토대가 되어야 한다는 의미다. 학생의 신분일 때는 대개 교육을 통해 교정이 가능하다. 하지만 좋은 교육도 스스로 깨닫게 만드는 자발성이 작동하도록 설계되어 있다. 대부분의 경우, 교육과정을 모두 마치고 나면 자기 교정의 자발성을 함양하기가 쉽지 않다. 교정을 위한 주변의 자극이 옅어지는 한편, 갇혀 있는, 혹은 스스로를 가두는 일에 익숙해지기 때문이다. 그래서 사람들이 관계를 맺고 사는 공동체에서는 '교정을 위한 자발성'이 독려되는 철학과 문화가 필요하다. 교정을 통해 발전을 이루겠다는 자발성을 어떻게 고무하느냐가 조직과 공동체의 원리여야 한다는 뜻이다.

이 자발성 원리와 절반쯤 관련된 교정 기제가 비평이다. 연구 공동체에서는 '평가 작업'이라고 부른다. '동료로부터 비평이나 평가에 대한 우려', 이른바 'peer group pressure'다. 불완전한 인간이기 때문에 누군가로부터 비평받고 비판받을 일에 두려움을 가진다. 부끄러움을 느끼는 것이 인간이기 때문이다. 동료집단으로부터 가해지는 비평에 대한 상상이 교정을 부분적이나마 가능케 한다.

세상의 모든 비평은 쉽지 않은 작업이다. 비평하는 측의 평가 기준에 대한 논란은 늘 존재한다. 특히 학자 그룹 내에서의 '상호평가'는 매우 어려운 일이 된다. 자격이 동등하다고 생각하는 사람들의 결사(結社)이기 때문이다. 평가의 규정을 담은 문서나 세세한 평가 항목들이 반드시 좋은 평가를 보증하지는 않는다. 평가자는 탁월해야 하고 공정해야 한다. 그래야 평가의 설득력이 담보된다. 탁월성과 공정성은 평가자의 나이나 학위가 결정하지는 않는다. 평가가 설득력을 가질 때 비로소 동료 학자들의 교정을 이끌어 낼 수 있다. 교정은 언제, 어떤 상황에서도 필요하고 가능하다는 철학과 원리를 공동체 구성원들이 공유해야 한다. 평가는 강제하는 권력이 아니다. 유도하고 권유하는 권위여야 한다. 그래야 함께 공부하고 연구하는 공동체가 비로소 가능해진다.

짧은 글귀, 긴 생각

아름다운 생각을 품은 짧은 글귀 한두 줄 때문에 깊은 생각에 빠질 때가 있다. 생각들이 굽이굽이 여러 갈래로 퍼지고, 깊은 영감을 받기도 한다. 시인이나 사상가, 정치지도자들이 평생에 걸쳐 가다듬었던 생각들은 간혹 한두 줄의 문장으로 농축되어 표현되기도 한다. 그 글귀는 그 사람의 지혜와 통찰력을 압축적으로 드러내 보인다. 특히 적절한 비유와 함축성을 내장한 시적 표현들도 많다. 짧기에 더 신선하고 깊은 영감을 주는지도 모른다. 그래서 명사들의 명언들을 편집해놓은 책을 나는 좋아한다. 촌철살인의 짧은 글들이 인간에게 필요한 거의 모든 지혜들을 다 품고 있는 것 같다.

전공 때문에 전쟁과 평화에 관련된 인용구에서 영감을 받기도 했다. 그중에서 아인슈타인의 명언은 참으로 명료하고 철학적이다. "평화는 힘으로 지킬 수 없다. 오로지 상호이해를 통해서만 도달할 수 있다." 힘에 근거한 평화(peace through strength) 논리는 국제정치학 현실주의의 기본 평화관이기도 하고, 국제정치역사에서 가장 애용되어왔던 논법일 것이다. 로마 시대의 격언, "평화를 원하면 전쟁을 준비하라."라는 말도 같은 맥락이다. 스스로를 지킬 수 있는 힘을 가질 때 나의 평화를 지킬 수 있다는 전제다. 유비무환(有備無患), 혹은 상무(尙武)의 정신을 강조하는 말이기도 하다. 그런데 이 방법의 치명적 문제는 바로 '안보 딜레마'다. 한편이 힘에 근거한 평화 논리를 실천에 옮기게 되면, 다른 한편은 그것을 위협요인으로 간주하게 된다. 그리되면 양자 사이의 불안정은 멈출 수가 없고 군비경쟁의 악순환에서 빠져나오지 못하게 된다. 아인슈타인은 그런 못난 모순을 지적하면서 상호이해의 필요성을 강조했다. 이 생각은 후일 유럽에서 공동안보, 협력안보 개념의 근간이 되었다. 군사력도 중요하지만 대화의 정례화나 예방외교도 이에 못지않게 중요하다고 강조하는 것이 협력안보의 접근법이다.

　비폭력평화주의자 간디의 명철한 격언 중 돋보이는 것은 "'눈에는 눈' 원칙만 강조하다보면 모든 사람이 장님이 되고 말 것이다."라는 표현이다. '눈에는 눈'(an eye for an eye) 원칙도 함무라비 법전에 기재된 후 처벌과 보복에 관한 오랜 원칙의 하나로 존재했다. 처벌의 비례성(proportionality) 원칙이라고도 불린다. 과도할 정도의 보복을 방지하고 피해의 정도에 상응하는 처벌 혹은 보복의 원칙을 정해 둘 필요가 있다는 것이 배경이었다. 그런데 간디는 그 관습에서 벗어나기를 권고한다. 폭력 행위에 또 다른 폭력으로 대응하게 되면 폭력의 사슬은 연속될 수밖에 없다는 따끔한 지적이다. 테러는 폭력적 수단을 이용하는 정치적 커뮤니케이션이다. 그런데 테러리즘을 근절하기 위한 해법으로 또 다른 폭력적 수단에 집착하는 경우가 대부분이다. 폭력은 또 다른 폭력으로 끝없이 이어질 수밖에 없게 된다. 간디가 주창하고 킹(Martin Luther King, Jr.) 목사가 이어받았던 비폭력 저항운동의 철학은 이 짧은 글귀에 압축되어 있다.

"우리가 아니면 누가 하겠는가? 지금이 아니면 언제 하겠는가?"(If not us, who? If not now, when?) 미국 케네디 대통령이 남긴 많은 어록의 하나다. 정의를 위하여 혹은 선한 목표를 이루기 위해서는 다른 사람의 행동을 기다릴 것이 아니라 바로 '우리'가, 그리고 간절하다고 느끼는 바로 '이 순간'이 실천의 시작이어야 한다는 것을 강조한다. 실천성을 강조하는 이 짧은 두 문장은 많은 사람들에게 영감을 주었는데, 후일 2014년 양성평등을 위한 운동(HeForShe Campaign)을 위해 나섰던 영국 출신 영화배우 엠마 왓슨(Emma Watson)이 행한 유엔 연설에서도 인용되었다. 그녀는 '우리'(us) 대신에 '나'(me)로 바꿔서 한 사람 한 사람의 행동 변화 중요성을 더 강조하기도 했다.

명시(名詩) '가지 않은 길'(The Road Not Taken)로 잘 알려진 미국 시인 프로스트(Robert Frost)도 짧은 문장의 어록을 많이 남겼다. 시작(詩作)에 관한 그의 짧은 강의는 다음 문장으로 요약되어 있다. "감정이 생각과 만나고 그 생각이 단어를 만났을 때 시가 탄생한다."(**Poetry is when an emotion has found its thought and the though has found words.**) 포(Edgar Allan Foe)의 '시는 아름다움의 운율적 창조'라는 정의만큼이나 간결하고도 멋진 표현이다. 삶에 관한 프로스트의 인용구 또한 빼놓을 수 없다. "인생에 대해 내가 알게 되었던 모든 것을 세 단어로 요약하자면, '그냥 살아내는 것'(**It goes on**)이라는 것이다." 내 육신 속에 들어온 목숨을 의연하고 묵묵하게 살려내는 일이 우리가 살아가는 일의 핵심이자 전부일지 모른다.

케네디 대통령은 명문(名文)으로 그득한 연설로 유명하다. 그

생각의 최전선

의 대통령 취임사는 영어 교재로 여전히 활용되고 있고, 베를린 장벽 앞에서 (문법적으로는 틀린 독일어로) "나는 베를린 시민이다."(Ich bin ein Berliner)를 외쳤던 베를린 연설, 평화에 대한 새로운 인식 변화와 정책변화를 제안했던 평화연설(Peace Speech)도 명연설문으로 꼽힌다. 1963년 1월, 시인 프로스트가 사망하고, 그로부터 9개월 뒤 그가 교수로 봉직했던 애머스트(Amhurst) 대학에 그의 이름을 딴 기념 도서관 건립 행사가 있었다. 거기에 현직 대통령이 참석하여 그를 추모했다. 케네디가 암살당하기 한 달 전이었고, 이 추모사는 그의 마지막 연설이 되었다. 그 안에 나오는 문장이 "권력이 인간을 오만하게 만들 때, 시는 인간의 한계를 깨닫게 한다."는 표현이다.(**When power leads man toward arrogance, poetry reminds him of his limitations.**) 미국 대통령이라면 정치 권력의 최정점에 있는 사람이다. 그런 사람이 한 노(老) 시인을 추모하면서 권력이 주는 유혹과 위험성에 대하여, 그리고 시를 통한 인간의 성찰 의지에 대한 믿음을 언급한 대목이 인상적이었다. 어쩌면 권력에 취해 오만해지지 않도록 자신을 타이르는 격언이었을 것이다. 스스로도 수백 번 되뇌었을 법한 문장이었을 것으로 상상해본다. 권력과 시를 이항(二項)으로 구분하여 대비시키는 관찰 자체가 깊은 철학적 사유의 결과인 듯 보인다. "권력이 인간의 관심 영역을 좁히려 할 때,

시는 인간 존재의 풍요로움과 다양함을 일깨워준다."가 바로 뒤이어 나오는 문장이다.

"자유 반, 운명 반." 늘 존경해마지 않았던 나의 은사 박영식 교수님의 말씀이다. 대학 새내기 시절, 그의 철학 개론 강의를 수강했다. 교수 재직 중에 미국으로 유학을 가셨고, 에모리 대학에서 박사학위 취득하여 귀국한 뒤 첫 강의였다. 마키아벨리의 『군주론』을 설명하는 중에 언급했는지, 어떤 맥락이었는지는 또렷한 기억이 없다. 여러 차례 반복적으로 이야기를 들었던 것만 기억한다. 인간의 삶이란 운명론자들이 흔히 표현하듯 '사람은 사주팔자대로 산다'는 언명(言明)만이 전부가 아니다. 인간에게는 자율적으로 결정할 수 있는 자유의지의 공간이 있다. 영화 '마이너리티 리포트'나 '트루먼 쇼', '매트릭스'에서도 이런 주제를 기반으로 한 스토리를 다루었다. 그러나 교수님 말씀의 논지는 인간 삶이 자유의지만으로도 충분히 설명되지 않는 그 무엇이 있다는 것이었다. 독실한 기독교 신앙을 가졌던 그분으로서는 인간의 탄생과 삶의 과정, 그리고 죽음에는 하나님의 의지가 운명처럼 작동한다는 말씀을 하고 싶었을 것이라고 짐작한다. "나이가 들면 내 말이 무슨 뜻인지 대략 알게 될거야."라며 엷은 미소를 짓곤 했다. 인간 누구나 어떤 운명을 타고났는지 궁금할

생각의 최전선

때가 많다. "운명은 앞에서 부는 바람과 같고 숙명은 뒤에서 부는 바람과 같다."며 노년이 될수록 운명론에 관심이 더 쏠린다. 그런가 하면 강인한 의지로 인생 행로를 개척하려는 노력에 대해 윤리적으로 후한 점수를 주기도 한다. 그러니 교수님 말씀대로 '반반'이 정답인지도 모른다. 박 교수님은 퇴임 후 철학 에세이집을 출판하셨다. 그 책 제목이 『자유도 운명도 아니라는 이야기』(2010)였다.

미국 캘리포니아주(州) 시에라네바다 산맥의 서편에 요세미티 국립공원이 있다. 화강암 절벽의 절경, 그 바위 벽면 위를 타고 내리는 웅장한 폭포, 자이언트 세콰이어(Giant Sequoia)의 숲 등이 관광객들의 발길을 유혹하는 곳이다. 공원 입구에 존 미어(John Muir)라는 시인의 짧은 글귀가 새겨져 있었다. 요세미티를 국립공원으로 만들고 지키는 일에 평생을 보낸 시인이자 자연주의자, 환경보호론자였다. 그의 노력으로 국립공원(national park)이라는 개념이 생겼고, 세계 다른 곳에서도 그 방식을 모방하기 시작하면서 시대의 추세가 되었다. 자연은 있는 그대로 보호되어야 한다는 간결한 논리인데, 그는 "자연의 광활함과 야생성을 통하여 조물주의 뜻을 가장 잘 느낄 수 있다."라고 표현했다. 최초의 작품 위에 무엇인가를 덧칠하는 것은 조물주의 뜻이 아니라 인간들의 '세속적' 결정일지 모른다. 인간들이 만든 각종 제도와 관습, 규칙과 장치들은 또 다른 시대의 또 다른 인간들에 의해 변할 수밖에 없지만, 요세미티의 숲과 물은 최초의 모습 그대로 남아 있을 것이다. 문명 세계 속에서 쌓아 올리려는 인간의 욕망과 허영은 어쩌면 한낱 신기루일지 모른다. 이념과 가치도 잠시 스치는 바람인지도 모른다.

"강물은 바다를 포기하지 않는다." 노무현 대통령이 남긴 어록 중 가장 많이 인용되는 문구다. 소위 엘리트라 불리는 사람들이 고졸(高卒) 대통령이라고 마음껏 조롱했던 대상이 노 대통령이었다. 그러나 많은 글을 읽고 생각을 가다듬는 지적 과정에는 학위가 딱히 필요하지는 않다. 그는 누구보다도 많은 글을 읽었고 깊게 사유했던 분으로 알려져 있다. 그가 남긴 말과 글에는 지금 시대와 미래를 향한 깊은 철학의 향기와 지성이 배어 있었다. 이 세상 모든 물은 아래로 아래로 흘러 시내와 강을 이룬다. 작은 시냇물이건 제법 웅장한 큰 강이건 모든 강은 바다로 향한다. 강은 때로 좌우로 몸을 비틀어 흐를 수는 있으나 바다를 포기하는 강은 본 일이 없다. 바다로 흐르는 강은 이상을 포기하지 않은 물이다. 어떤 경우라도 꿈과 이상을 포기하지 말아야 한다는 의지로 미래를 상상해야 한다. 그런 태도를 가진 시민이 점점 많아져야 조금씩이라도 나아지는 세상을 만드는 일이 비로소 가능해질 것이다.

"갈등이 불가피하다고 믿으면 그 믿음이 미래 갈등의 원인이 될 것이다."(Beliefs in inevitability of conflict will become a source of future conflict.) 2010년 가을학기부터 2011년 봄학기까지 두 번째 연구년을 보내기 위해 일본의 게이오(慶應)대학에 가 있었다. 나의 체류 기간 중 게이오대학은 세계적으로 저명한 국제정치학자인 조지프 나이(Joseph Nye) 교수에게 명예박사학위를 수여하는 행사를 가졌다. 나이 교수는 20세기 자유주의 국제정치학을 대표하는 인물이다. 그는 코헤인(Robert Keohane)과 함께 집필했던 『권력과 상호의존성』(Power and Interdependence, 1977)으로 20세기 후반기 자유주의 국제정치학을 이끌었고, 후일 『연성권력』(Soft Power, 2004)을 통해 국제정치와 외교 영역에서 문화와 설득력의 중요성, 공공외교 시대의 도래를 설명했다. 21세기 국제정치와 미국 외교정책에 관한 저서, 『미국의 세기는 끝났는가』(Is American Century Over, 2015)도 유명하다.

수여식을 마친 뒤 가진 강연회에서 그가 유독 강조했던 표현이 위의 언급이었다. 일본의 학자들과 학생들은 미중 대결의 미래를 그에게 물었고 일본 외교정책의 과제를 궁금해했다. 그 질문에 대한 그의 대답이었다. 어떤 미래도 미리 정해진 것은 없다. 어떤 이론으로도 정확한 미래 예측은 불가능하다. 나이 교수도 열려 있는 미래에 대해서 말하고 싶었을 것이다. 미래는 현재를 살아가는 사람들의 미래상(未來像)이 만드는 것이다. "평화를 원하면 평화로운 미래를 먼저 상상하라."라고 했던 유엔평화대학의 설립 취지와도 일맥상통한다. '가장 정확한 미래 예측은 미래를 만드는 것'이라는 표현도 이와 다르지 않다. 나는 그 강연장에 앉아 1930년대 일본의 사상가이자 군인이었던 이시와라 간지(石平莞爾)를 떠올렸다. 그는 세계가 4개의 세력권으로 나뉠 것이고 세력권 간 충돌은 불가피하다고 설파했던 인물이었다. 그로부터 영향을 받았던 일본 군부 수뇌부는 그 미래상을 전제로 일본의 국방정책을 수립했다. 태평양전쟁이 끝난 뒤 일부에서는 이시와라가 10년 후 미래를 내다본 천재였다고 평가하기도 했다. 그러나 나는 다르게 봤다. 당시 일본 수뇌부가 갈등과 충돌이 불가피하다는 그의 미래상에 포로가 되어 있는 한, 미국과의 전쟁은 불가피한 선택이었을 것이다.

"어떤 충돌도 필연적인 것은 없다." 앨리슨(Graham Allison)이 『예정된 전쟁』(Destined for War: Can America and China Escape

Thucydides's Trap?, 2017)에서 줄곧 강조하는 말이다. 펠로폰네소스 전쟁과 그 이후 많은 세계 주요 전쟁의 충돌과정을 분석했던 그는 인간(정책결정자들)의 두려움이 '필연적' 충돌의 길을 만들고, 그 심리적 '함정' 때문에 전쟁이 발생했다고 주장한다. 나이 교수의 강연으로부터 10년이 훌쩍 넘었다. 오늘날 미중 대결 구도에 일본이 가장 최전선에 서 있다는 사실을 그도 잘 알고 있을 것이다. 결국 그의 메시지는 허공에 날려버린 명언이 된 셈이다. 모든 명언이 모두에게 영감을 주는 것 같지는 않다.